3分間サバイバル NEO

美食の迷宮

粟生こずえ

あかね書房

01

宇《う》宙《ちゅう》のサンドイッチ

危《き》険《けん》→なぜ？

ときは１９６５年。

人類が月面着陸を果たす4年前のこと。

アメリカ人のガス・グリソムとジョン・ヤングの２人は宇《う》宙《ちゅう》飛《ひ》行《こう》のミッションを遂《すい》行《こう》中《ちゅう》であった。船長のガスは2度目、ジョンはこれが初めての宇《う》宙《ちゅう》飛《ひ》行《こう》だ。

この宇《う》宙《ちゅう》船《せん》、ジェミニ3号の飛行は「人間が宇《う》宙《ちゅう》に行き、無事に帰《き》還《かん》できること」の証《しょう》明《めい》が目的であった。約5時間で地球のまわりを3周して帰るスケジュールである。

「ガス、腹《はら》が減《へ》らないか？」

「ああ、食事にしようか。」

ガスは宇宙船内《うちゅうせんない》に用意されている固形食に手をのばした。このころの宇宙食《うちゅうしょく》は食品を一口サイズに圧縮《あっしゅく》した固形食だった。

宇宙《うちゅう》空間は無重力である。

人間《にんげん》だって、どんな重《おも》いものだってふわふわ浮《う》いてしまう。もちろん宇宙船《うちゅうせん》の中《なか》でも同《おな》じことだ。

そこで、「宇宙《うちゅう》では食べ物がうまくのどから下におりていかず、のどにつまるかも」という心配から、のみこみやすいペースト状《じょう》やキューブ型《がた》の食べ物が開発されたわけだ。

ただし、歯みがき粉《こ》のチューブのような容器《ようき》に入ったペースト食は「まるで赤ちゃんの離乳食《りにゅうしょく》のよう」と大不評《だいふひょう》で、2年ほど前に廃止《はいし》されていた。

今《いま》や固形食の方はチーズ、ベーコン、ピーナッツバターなど味や栄養のバリエーションも工夫されつつあった。しかし、ジョンは不満《ふまん》だった。

「宇宙飛行士《うちゅうひこうし》はオレの夢《ゆめ》だったけど、この食事《しょくじ》はいただけないね。味気《あじけ》ないにもほどがある。」

ジョンは宇宙服《うちゅうふく》のポケットに手を入れ、いたずらっぽく瞳《ひとみ》を輝《かがや》かせた。

「なぁ、ガス。これはどうだ?」

ガスは目をみはった。ジョンはサンドイッチを差し出していたのである。

「ジョン、サンドイッチなんてどこから……?」

「搭乗《とうじょう》前にこっそり買ってきたのさ。まあ、遠慮《えんりょ》しないで食えよ。」

ガスはゴクリとつばをのんだ。

宇宙船内《うちゅうせんない》に勝手に食品を持ちこむことは禁止《きんし》されている。だが、やはり宇宙食《うちゅうしょく》よりも、ライ麦パンにコンビーフをはさんだサンドイッチの方がはるかに食欲《しょくよく》をそそる。がまんしきれず、ガスはサンドイッチにかぶりついた。

「うん、うまい。」

ガスは満足《まんぞく》げに口をモグモグ動《うご》かした。

しかし、次の瞬間《しゅんかん》、ガスは顔色を変《か》えたのである。

「まずい!　こりゃ最悪《さいあく》だ~っ!」

2人はこのあと、NASA《ナサ》（アメリカ航空宇宙局《こうくううちゅうきょく》）のスタッフにものすごく怒《おこ》られることになる。このサンドイッチのせいで2人が地球に帰還《きかん》できない可能性《かのうせい》もあったのだと——。

宇宙船《うちゅうせん》の中でサンドイッチを食べると、どんな危険《きけん》を引き起こす可能性《かのうせい》が考えられるだろうか。

解説《かいせつ》

ガスがサンドイッチを一口食べるとパンくずがあちこちに飛び散ったので、2人は失敗したことをさとった。地上なら下に落ちるはずのパンくずも、無重力状態《じょうたい》では予測《よそく》不可能《かのう》な方向に飛散する。もし船内の精密《せいみつ》機器に小さなゴミが入りこめば、故障《こしょう》する危険《きけん》がないとはいえないのだ。宇宙食《うちゅうしょく》がペースト状《じょう》やキューブ型《かた》だったのは、こうした危険《きけん》を避《さ》ける意味もあった。

サンドイッチを持ちこんだジョンは特にきびしくしかられたが、クビになることはなく、以降《いこう》も宇宙飛行士《うちゅうひこうし》として活躍《かつやく》した。この事件《じけん》は「食事の質《しつ》は宇宙飛《うちゅうひ》行士《こうし》のモチベーションに関わる」という問題を投げかけ、宇宙食《うちゅうしょく》を向上させるきっかけとなったのである。以降《いこう》、食品をお湯でもどすなどの、温かい食事が登場。1970年代にはナイフやフォークを使った食事ができるようになった。現代《げんだい》ではカレーライスにラーメン、手巻《てま》き寿司《ずし》パーティーも可能《かのう》になっている。調味料も豊《ほう》富《ふ》だが、塩とこしょうは飛散しないように液状《えきじょう》のものが使われているそうだ。

02

液《えき》状《じょう》の黄金

疑《うたが》い→なぜ？

カナダのケベック州にて。

ケベック・メープルシロップ製品《せいひん》生産者協会の代表を務《つと》めるG《ジー》氏は、広《ひろ》い倉庫にたたずんでいた。

倉庫の中には、大きな貯蔵《ちょぞう》タンクが高く積み上がっている。中身はいうまでもなくカナダが誇《ほこ》る名産品——メープルシロップだ。

このケベック州では、世界中のメープルシロップの7~8割《わり》を供給《きょうきゅう》している。

パンケーキに欠かせないメープルシロップは、サトウカエデの木の透明《とうめい》でサラサラした樹液《じゅえき》（メープルウォーター）を長時間じっくり煮詰《につ》めて作られる。1リットルのメープルシロップを作るのには40リットルもの樹液《じゅえき》が必要だ。

カナダの冬は厳《きび》しい。サトウカエデの木は冬の寒さから身を守るために、夏の間にたくわえたでんぷんを糖分《とうぶん》に変える。そして雪解《ゆきど》けのころになると、根元からたっぷりと水分を吸《す》い上げ――こうして甘《あま》みのある樹液《じゅえき》ができる。

樹液《じゅえき》がとれるのは、雪解《ゆきど》けの時期のほんの10～20日ほどの間である。熟練《じゅくれん》の生産者たちが木の内部にしっかり樹液《じゅえき》がたくわえられたタイミングを見計らって採取《さいしゅ》するのだ。気候状態《じょうたい》によって不作の年もあるが、今は過剰《かじょう》といってもいいほど在庫《ざいこ》がある。

G《ジー》氏はタンクの森に分け入り、ほくそ笑んだ。

（わがメープルシロップ帝国《ていこく》は安泰《あんたい》だな。）

しかし、ふとそばのタンクに触《ふ》れたとき――タンクがぐらついたのである。

（おや、このタンクは空じゃないか!?）

不審《ふしん》に思ったG《ジー》氏は周囲《しゅうい》のタンクにさわってみたが、ほかには動くものはない。

（だれかがまちがって空のタンクを置いただけか。）

しかし、G《ジー》氏は何かいやな予感がした。メープルシロップはたいへんな価値《かち》がある。ケベック州の、いやカナダの経済《けいざい》を支《ささ》える大きな財産《ざいさん》だ。

(おや……。)

周囲《しゅうい》のタンクを調べていたG《ジー》氏は、タンクのふちがさびているのに気づいた。

(おかしいぞ。今までタンクがさびたことなどなかったのに。)

そして、G《ジー》氏はすぐ部下に電話をかけたのである。

「これからメープルシロップの保管《ほかん》倉庫のタンクを全部調べるから人員をかき集めてくれ。そうだ、すべての倉庫の全部のタンクだ!」

G《ジー》氏はどんな疑《うたが》いを持ったのだろうか。

解《かい》説《せつ》

金属《きんぞく》のさびは、金属《きんぞく》が空気中の酸素《さんそ》や水と反応《はんのう》し、「酸化《さんか》」してできる。つまり、さびるには酸素《さんそ》と水が必要だ。酸素《さんそ》だけではさびは生じない。

G《ジー》氏は、タンクのふちがさびているのは中に水が入っているからではないかと考えた。開けてみると、中に入っていたのはメープルシロップではなく水だったのだ。すべての倉庫を調べてみると、1万個近《こ》いタンクの中身が水にすり替《か》えられていることが判明《はんめい》した。

これは2012年に起こった実際《じっさい》のできごとをもとにした話。当時の価値《かち》で約14億円相当のメープルシロップが盗《ぬす》まれたとあり、大騒《さわ》ぎに。犯人《はんにん》グループは数か月後につかまった。盗《ぬす》まれたメープルシロップは3分の2ほど回収《かいしゅう》されたが、残りは密売《みつばい》されていたそうだ。

03
あの味を盗《ぬす》め
理由→なぜ？

アルトゥルは小エビのフライをかみしめて、首をひねった。

「どうもちがう。しょっぱいな。ニコラス、このレシピは本当に完全版《かんぜんばん》なのか？」

「もちろんです。正式なレシピであることはまちがいありません。」

部下《ぶか》のニコラスが言うと、調理を担当《たんとう》したテオも続いて口を開く。

「地上で揚《あ》げたものを航空機内《こうくうきない》のレンジで温めて出す、という工程《こうてい》もマニュアル通りにやっていますよ。レンジも出力が同じものをわざわざ用意したんです。」

「そうか……。」

P《ピー》国のファスト・フード店「クイーンズ・フライドシュリンプ」の、店名と同じ名の代表メニューは小エビにカリッとした味つきの衣がついたものだ。バスや電車に持ちこんだ人がいれば、だれもが「あ、クイーンズ・フライドシュリンプだな」と気づく――そんな独特《どくとく》の香りがある。味つけに何が使われているかは、創業者《そうぎょうしゃ》と幹部《かんぶ》しか知らないトップシークレットといわれる。

ところが、P《ピー》国の航空《こうくう》会社が「クイーンズ・フライドシュリンプ」とコラボレーションし、機内食に出すことになった。このニュースをいち早くキャッチしたアルトゥルは、よからぬことをたくらんだのだ。

（門外不出のレシピが機内食を作る会社にわたるわけだ。関わる人間が多そうだから、きっとスキが生まれるはず。）

アルトゥルは潜入《せんにゅう》スパイとしてニコラスを送りこみ、みごとに秘密《ひみつ》のレシピを盗《ぬす》み出した。

アルトゥルはこのフライを自分のチェーン店で販売《はんばい》してひともうけするつもりだった。もちろん「クイーンズ・フライドシュリンプ」より少々《しょうしょう》安い値段《ねだん》で売る。味がそっくりだから話題になるだろうし、売れないわけがないと確信《かくしん》していた。

だが、試食したサンプルは何か違和感《いわかん》がある。サクサクした食感は本家そのものだが、やや塩みが強い気がする。

（「クイーンズ・フライドシュリンプ」はレシピが部外者に知られるのをきらって、機内食用《きないしょくよう》にはわざとイマイチなレシピを提出《ていしゅつ》したのか？　いや、評判《ひょうばん》を落とすようなことをするはずはないか……。）

後日、アルトゥルは飛行機に搭乗《とうじょう》して、クイーンズ・フライドシュリンプを食べた。

（これだ。この味だよ！　やっぱりニコラスのやつ、しくじったな。）

アルトゥルはてっきりニコラスがニセのレシピをつかまされたと思ったが――そうではなかった。ニコラスはちゃんと完全版《かんぜんばん》のレシピを入手していたのである。

?

同じレシピで作ったのに、試食《ししょく》サンプルはなぜ味がちがったのだろうか。

解説《かいせつ》

高度の高い場所では気圧《きあつ》の影響《えいきょう》を受け、人間の味覚は鈍感《どんかん》になる。機内はおしぼりもすぐかわくほど乾燥《かんそう》しているので口や鼻の中もカラカラになり、味覚の機能《きのう》が低下してしまう。塩み、甘《あま》みを感じる感覚が鈍《にぶ》るため、機内食は地上で食べるものより味が濃《こ》いめに調整されているのだ。ニコラスが入手したのは「クイーンズ・フライドシュリンプ」の機内食用に開発されたレシピだったので、地上では違和感《いわかん》のある味になっていたわけ。

近年、航空機内《こうくうきない》の気圧《きあつ》は地上との差が少なくなるように改善《かいぜん》されつつある。だが、せっかくの機上の食事をおいしく味わえるように、微妙《びみょう》な調整がなされているのだ。味つけにくわえ、食材から水分が失われにくい調理技術《ぎじゅつ》や保管法《ほかんほう》などの研究により、おいしい機内食が実現《じつげん》されている。

04

料理長の大失敗

理由→なぜ？

ときは昭和《しょうわ》時代、皇居《こうきょ》にて。

「アキヤマさん、見てください。これ、陛下《へいか》のお席のものなのですが……。」

宮内庁《くないちょう》の料理長であるアキヤマは、部下の声にふり向いた。

ほんのさっき、お客様を招《まね》いてもよおされた昼食会が終わったばかり。部下は、広間からさげてきたお皿を手に持っている。

皿にはメインディッシュのトゥルヌドが手つかずで残されていた。トゥルヌドは牛ヒレ肉を直径3センチ、厚《あつ》さ3センチほどの円形《えんけい》に切り、ぐるりとベーコンを巻《ま》いてタコ糸でくくってからソテーする——なかなか手のこんだ料理だ。

「おかしいな。一口もお召《め》し上がりにならなかったのか。」

アキヤマは、そのときたいへんな失敗をしたことに気づいたのだ。

「しまった！　タコ糸を取り忘《わす》れた！」

ソテーしたあとにソースをかけるのでタコ糸には茶色っぽい色がしみる。そのせいで、うっかり見のがしてしまったのだ。いや、そんなことは言《い》い訳《わけ》にならない。招待客《しょうたいきゃく》たちはみなきれいにトゥルヌドを平らげていた。皿にタコ糸は残っていなかったところを見ると、たった一つタコ糸を取り忘《わす》れたものが陛下《へいか》のもとにいってしまったのである。アキヤマは天をあおいだ。

「侍従《じじゅう》（天皇《てんのう》のそばにつかえる人）に報告《ほうこく》してあやまっていただかなければ。」

フランスで修業《しゅぎょう》をして身につけた実力が認《みと》められ、アキヤマが宮内省（のちの宮《く》内庁《ないちょう》）にスカウトされたのは20代のころ。以降《いこう》ずっと宮中にこの人ありといわれ、活躍《かつやく》してきたが——彼《かれ》はすぐに辞表を書いて侍従《じじゅう》にわたしたのである。

「アキヤマくん、陛下《へいか》におわびをしてきましたよ。」

アキヤマのところにやってきた侍従《じじゅう》は笑みをたたえて、辞表を返した。

「ということは……わたしはクビじゃないんですか？」

「ええ、安心してください。状況《じょうきょう》をくわしくお話ししたところ、陛下《へいか》は『よかった』と満足したようにおっしゃってくださいましたよ。」

「え……それはどういう意味だったんですか？」

侍従《じじゅう》の説明を聞いてアキヤマは感激《かんげき》の涙《なみだ》を流した。陛下《へいか》の広い心、やさしい心に今一度、心を打たれたのであった。


?

天《てん》皇《のう》陛《へい》下《か》は、何を「よかった」と言ったのだろうか。

解説《かいせつ》

昭和天皇《しょうわてんのう》は、招待客《しょうたいきゃく》のトゥルヌドのタコ糸はちゃんと取ってあったことを「よかった」と言ったのである。そして、アキヤマの失敗については怒《おこ》っていなかったという。昭和天皇《しょうわてんのう》は庶民《しょみん》に寄《よ》り添《そ》った温かい人柄《ひとがら》で知られる。料理を残したのはえらぶった行為《こうい》ではなく、料理人に過失《かしつ》をそっと伝えるためだったのではないだろうか。

この話は料理人・秋山徳蔵《あきやまとくぞう》の実際《じっさい》にあったエピソードにもとづく。秋山《あきやま》は1888（明治《めいじ》21）年生まれ。10代のころから実家の仕出し料理屋を手伝っていたが、あるときカツレツを食べて西洋料理に開眼《かいがん》。20歳《さい》のとき単身フランスにわたって料理修業《しゅぎょう》に勤《いそ》しみ、フランスでも最高峰《さいこうほう》のリッツホテルに雇《やと》われる。このキャリアを経《へ》て、大正《たいしょう》時代から昭和《しょうわ》時代にかけて宮中で「天皇《てんのう》の料理番」を務《つと》めた。日本の西洋料理発展《はってん》の土台を築《きず》いた伝説的な人物。宮中に勤《つと》めた58年間のうち55年間トップを務《つと》め、大事な祝宴《しゅくえん》はもちろん、天皇陛下《てんのうへいか》の毎日の食事に腕《うで》をふるった。

05

イタリアの銀《ぎん》行《こう》破《やぶ》り

理由→なぜ？

イタリアのとある街にて。

深夜、２人の男が銀行の金庫室の前にたたずんでいた。いずれも全身黒ずくめ。目だし帽《ぼう》をかぶり、目のほかはすっかりかくした男たち――カレルとヴォイツェフは東ヨーロッパから流れてきた犯罪者《はんざいしゃ》だ。

２人は大《おお》きな犯罪《はんざい》組織《そしき》のメンバーだ。本国で指名手配となり、逃《に》げまわりながらヨーロッパの国々《くにぐに》を移動《いどう》してきた。知らない土地でつてはなくとも、犯罪《はんざい》組織《そしき》のネットワークの助けでなんとか逃《に》げおおせてきた。また、その途中《とちゅう》で新たな犯罪《はんざい》に手を染《そ》めながら。

2人は、この「大旅行」のしめくくりに銀行の金庫破《きんこやぶ》りに挑《いど》むことになった。道中で世話になった闇《やみ》の組織《そしき》の人々《ひとびと》にもそれなりのお礼をしなければならないからだ。

「しかし、金庫破《きんこやぶ》りもラクになったもんだな。昔なら地下トンネルでも掘《ほ》って侵入《しんにゅう》しなきゃならないところだ。あるいは爆弾《ばくだん》で扉《とびら》をふっとばすとかな。」

カレルが軽口《かるくち》をたたくと、ヴォイツェフがこづいた。

「そんなの映画《えいが》でしか見たことないぜ。さぁ、手早くすませよう。」

2人は金庫室の鍵《かぎ》を開けるパスワードを入手している。この仕事は彼《かれ》らの犯罪組織《はんざいそしき》のボスからの指令であるはずだが、2人はボスとは直接《ちょくせつ》やりとりをしていない。この銀行を選び、警備《けいび》システムの下調べや細工をしたのはたくさんの知らないイタリア人だ。2人はきのうカフェに行き、エスプレッソのコーヒー茶碗《ぢゃわん》の下に隠《かく》されたパスワードのメモを受け取っただけである。獲物《えもの》を運ぶ小型《こがた》トラックもあらかじめだれかが手配してくれたもの。関わっている人が多いだけに、支払《しはら》う謝礼《しゃれい》も多く、失敗《しっぱい》は許《ゆる》されない。

2人は「このパスワードがちがっていたらどうしよう」とドキドキしたが、あっけなく扉《とびら》は開いた。しかし、その部屋の光景に２人は絶句《ぜっく》したのである。

「なんだこりゃ！　いったい札束はどこにあるんだ⁉」

部屋にはタイヤほどもある黄色いチーズのかたまりが積まれているばかり。

チーズとチーズの間をすみずみまで探《さが》したが、お札の一枚《まい》さえ見つからない。

「部屋をまちがえたんじゃないか？」

「いや、鍵《かぎ》が開いたんだからここで合ってるはずだ。」

結局、金を見つけられなかった２人は手ぶらで退却《たいきゃく》した。

しかし、朝になって組織《そしき》のボスに報告《ほうこく》すると２人は大目玉をくらったのである。


２人はなぜ怒《おこ》られたのだろうか。

解《かい》説《せつ》

じつは、このチーズこそ金塊《きんかい》なみの価値《かち》があるからだ。ボスとやりとりをせず、間にたくさんの仲介者《ちゅうかいしゃ》をはさんでいたため「獲物《えもの》は現金《げんきん》ではなくチーズ」というかんじんのことが2人に伝わっていなかったのである。イタリア人にとってはチーズの価値《かち》の高さは常識《じょうしき》なので、伝え忘《わす》れたのかもしれない。

銀行にあったのは「イタリアチーズの王様」と呼《よ》ばれるパルミジャーノ・レッジャーノというチーズだ。このチーズは製造《せいぞう》してから熟成《じゅくせい》させ販売《はんばい》するまで1年以上かかる。チーズ製造者《せいぞうしゃ》の生活を支《ささ》えるため、地元の銀行ではチーズを預《あず》かるかわりにお金を貸《か》し出す制度《せいど》を作ったのだ。銀行ではチーズの保管《ほかん》に適《てき》した特別な倉庫に収《おさ》められている。

ちなみにチーズは世界でもっとも盗難《とうなん》にあっている食品だという。イタリアだけでなくフランスやイギリスなどでも大規模《だいきぼ》な盗難事件《とうなんじけん》が起こっているそうだ。

06

戦場のハチミツ

理由↓なぜ？

2000年以上昔。ポントス王国（現在《げんざい》のトルコのあたり）にて。ポントス王国のミトリダテス6世は窮地《きゅうち》に立たされていた。歴史《れきし》をふり返れば、ポントス王国はこれまでローマ帝国《ていこく》と長きにわたって戦い続けてきた。強大な力を持ち、どんよくに領土《りょうど》を広げようとするローマ帝国《ていこく》の前に、近隣《きんりん》の国々《くにぐに》は白旗を上げていった。

そのなかにあってミトリダテス6世はとてもねばり強くローマ帝国《ていこく》に抵抗《ていこう》していたのだ。彼《かれ》が王位についてから約50年もの間、断続的《だんぞくてき》に戦いは続いており――あるときはかなりローマ帝国《ていこく》を圧倒《あっとう》していた。

しかし、名将《めいしょう》と名高いポンペイウスの前に、ポントス王国はついに追い詰《つ》められつつあった。

（たくさんの兵をそろえるローマ軍が攻《せ》めこんでくれば、ひとたまりもない。限界《げんかい》のときは近づいている。だが、あきらめるものか。少しでも時間をかせぐんだ。）

ミトリダテス6世は意を決し、部下を呼《よ》び集めたのである。

「おい、秘蔵《ひぞう》のハチミツを運びだせ。たるをローマ軍の進路に並《なら》べておくんだ！」

やがてポントス王国に歩を進めたローマ軍の兵士《へいし》たちは、道に放置されたたるの中身がハチミツだとわかると大喜《おおよろこ》びした。

「これは全部ハチミツだぞ！」

きびしい戦のなか、疲《つか》れきっていた兵士《へいし》たちにとってハチミツはすばらしいプレゼントだった。すでにこのころ、ローマ帝国《ていこく》でもハチを巣箱で管理してハチミツを採《と》る「養蜂《ようほう》」が行われている。ハチミツが体にエネルギーをあたえてくれることも経験上《けいけんじょう》知っていた。

「この甘《あま》さ、たまらないな。体にしみわたるようだ。」

「ああ、疲《つか》れがふっとぶなぁ。」

兵士《へいし》たちは先を争ってハチミツをなめつくした。

しかし、しばらくすると――ローマ軍の兵士《へいし》たちはみなフラフラになって倒《たお》れてしまった。そして、機をみはからってやって来たポントス軍にこてんぱんにやられたのである。


?

ミトリダテス6世が置いておいたハチミツはハチが集めたもので、人間は何も手を加えていない天然ものだ。ローマ軍の兵士《へいし》はなぜ倒《たお》れてしまったのだろうか。

解説《かいせつ》

このハチミツはまちがいなく「天然もの」だった。ただし、ハチが毒《どく》のあるツツジから集めたものだったのだ。これは現代《げんだい》では「マッドハニー」と呼《よ》ばれている。ごくわずかなら強壮剤《きょうそうざい》のような役割《やくわり》が期待できる。ただし、少しでも食べすぎればフラフラになってめまいや幻覚症状《げんかくしょうじょう》、頭痛《ずつう》や嘔吐《おうと》、下痢《げり》などさまざまな反応《はんのう》を起こす。命に関わるショック症状《しょうじょう》が起こることもあるので、絶対《ぜったい》に食べてはいけない。

トルコは古くからマッドハニーが採取《さいしゅ》される土地。ミトリダテス6世は最後の手段《しゅだん》として、そんな危険《きけん》なハチミツがあるとは知らないローマ軍をワナにかけたのだ。このとき、1000人以上のローマ兵が死んだともいわれる。

世界中にツツジは1000種類以上あるが、このようにミツに深刻《しんこく》な毒《どく》があるものはわずかなので安心してほしい。しかし、素人《しろうと》がそれを見分けるのはむずかしい。くれぐれも身近に咲《さ》いているツツジのミツを吸《す》ったりしないことだ。もちろん、ほかの花にしても！

07

雪の畑で

理由→なぜ?

半世紀《はんせいき》ほど昔のこと。

春の陽光の下、農家のタマムロさんは畑をながめていた。ここは日本有数の豪雪《ごうせつ》地帯。4月が近づいてもまだ雪はぶ厚《あつ》く積もっている。新しくタネをまくためにそろそろ除雪《じょせつ》作業をしなければいけない。タマムロさんがゆううつなのは、それがめんどうだからではない。まだ1メートル以上積もっている雪の下に、初冬に収穫《しゅうかく》しそびれたニンジンがごっそりうまっている。それを見たくないのだ。

冬の初め、遠い町での親せきの結婚式《けっこんしき》に出席するため、家を空けた日に記録的な大雪が降《ふ》った。帰ってきたタマムロさんはあちこちの畑の世話に追われた。そうしているうちに、再《ふたた》び大雪に見まわれた。3～4メートルは積もった雪を前に、タマムロさんはニンジンを掘《ほ》り起こす気力をなくしたのである。

「ユメジくん。きみは前から、独立《どくりつ》して自分の畑を持ちたいと言ってたな。この畑を買ってくれないか？　ダメになったニンジンがうまったままだから、処分《しょぶん》の手間《てま》賃《ちん》もふくめて安くゆずるよ。」

タマムロさんがおいっ子のユメジくんに値段《ねだん》を提示《ていじ》すると、彼《かれ》は喜《よろこ》んだ。

「そんなに安くていいんですか？　ぼくとしちゃありがたいですけど。そのニンジン、やっぱり全部捨《す》てることになるんですかね？」

「そりゃそうさ。冷凍《れいとう》したニンジンなんて食えたもんじゃないぜ。」

タマムロさんは、彼《かれ》の娘《むすめ》が小さいころに冷凍庫《れいとうこ》に生のニンジンをまるごと入れてしまったときのことを話した。こおったニンジンは解凍《かいとう》するとフニャフニャになり、とてもまずかったという。

「これからはあの畑で何を作ったってかまわないよ。まぁ、好きにやってくれ。」

「わかりました。ありがとうございます。」

ところが、数日後。

ユメジくんはタマムロさんをふたたび訪《おとず》れて念を押《お》したのだ。

「あの畑、本当にあんなに安くゆずってもらっていいんですか？」

「ん？　どういう意味だい？」

すると、ユメジくんは意味ありげな顔で言ったのである。

「だって。もしかすると宝《たから》の山かもしれないんですよ。」

?

ニンジンはひと冬の間、何メートルもの雪の下にうまっていた。ユメジくんの言葉は何を意味しているのだろうか。

解説《かいせつ》

タマムロさんは、ひと冬厚《あつ》い雪の下にあったニンジンが「こおってしまった」と思ったが、この状況《じょうきょう》ではニンジンはこおらない。雪の下は0度前後の温度が保《たも》たれた状態《じょうたい》だったのだ。また、雪をかぶった土はほどよい水分をキープするのでニンジンは乾燥《かんそう》することもなかった。食べてみると、このニンジンはとても甘《あま》みが強かった。寒さから身を守るために甘《あま》みやうまみの成分であるアスパラギン酸《さん》、グリシンなどのアミノ酸《さん》が増《ふ》えていたのである。

これは、いわゆる「雪下ニンジン」の誕生秘話《たんじょうひわ》をもとにした話。1980年代、新潟で実際《じっさい》に収穫《しゅうかく》しそこなったニンジンを掘《ほ》り出してみたら、香りがよく甘《あま》いニンジンになっていた。ぐうぜんから生まれた雪国ならではの特産品として知られている。雪の下から掘《ほ》り出すのはたいへんだが、春先にしか味わえない人気商品となっているのだ。

08 ゴーヤ作戦

理由↓なぜ？


1972（昭和《しょうわ》47）年10月のある日、イトウ氏は沖縄《おきなわ》の那覇《なは》空港に降《お》り立った。

長きにわたる返還《へんかん》運動を経《へ》て、沖縄《おきなわ》が27年ぶりに日本復帰《ふっき》を果たした——それはこの年の5月のことである。

第二次世界大戦で敗戦した日本は、アメリカの占領下《せんりょうか》に置かれていた。日本は1952（昭和《しょうわ》27）年の4月に占領《せんりょう》を解除《かいじょ》されたが、沖縄《おきなわ》はその後もずっとアメリカに統治《とうち》されていたのである。

みんなが待ちこがれた沖縄返還《おきなわへんかん》をきっかけに、ひとつの計画が持ち上がっていた。

それは、沖縄《おきなわ》の特産品であるゴーヤ（ニガウリ）を日本全国に広めようというものである。ゴーヤは今では全国的にポピュラーだが、当時は沖縄《おきなわ》以外ではほとんど知られていなかった。

だが、大きな問題があった。沖縄《おきなわ》には、ウリ科の植物が大好きなウリミバエという害虫がいたのだ。ウリミバエのメスは、ゴーヤの実の中に産卵管《さんらんかん》を刺《さ》しこんでたまごを産みつける。かえった幼虫《ようちゅう》は、実を食い荒《あ》らして育つ。

ウリミバエが生息する土地からゴーヤを出荷すれば、この害虫が全国に蔓延《まんえん》するのはあきらかである。

「イトウさん、よろしくお願いします。ウリミバエを根絶《ねだ》やしにすれば、沖縄《おきなわ》のゴーヤを全国に届《とど》けられるんだ！　いっしょにがんばりましょう。」

地元の研究者・カキノハナ氏は、がっちりイトウ氏と握手《あくしゅ》をした。

「時間はかかるでしょうが、必ず実現《じつげん》しましょう。」

2人の横にいた役場の職員《しょくいん》のオオシロさんは、ちょっと不思議そうな顔をした。

「あのぅ……そぼくな疑問《ぎもん》なんですけどね。ちゃっちゃと殺虫剤《さっちゅうざい》をまいて全滅《ぜんめつ》させるってわけにはいかないんですか？」

イトウ氏はすぐに口を開いた。これはよくある質問《しつもん》なのだ。

「その程度《ていど》で全滅《ぜんめつ》させられる数じゃないんだよ。なにしろ、ウリミバエはどんどんゴーヤにたまごを産みつける。ウリ類だけじゃなくパパイヤやマンゴー、ピーマン、トマトも食害するんだよ。」

カキノハナ氏も続けて言う。

「幼虫《ようちゅう》はある程度《ていど》育つと外に飛び出して、土にもぐってサナギになる。そして成虫になると出てきて飛び回るんだ。たまごやサナギも全滅《ぜんめつ》させなきゃいけないわけだからね。たまごから成虫になるまでは20～30日かかるんだが、これが一年中続くんだから殺虫剤《さっちゅうざい》じゃ間に合わない。殺虫剤《さっちゅうざい》に抵抗力《ていこうりょく》のあるウリミバエが生まれてくるだろうしね。大量に殺虫剤《さっちゅうざい》をまけば環境《かんきょう》に悪影響《あくえいきょう》が出る心配もある。」

「はぁ、やっかいな害虫がいたもんですね。」

オオシロさんはため息をついた。

「そうそう、ウリミバエはもともと沖縄《おきなわ》にすんでいたんじゃない。台湾《たいわん》から飛来してきたと考えられていてね。初めて発見されたのは石垣島《いしがきじま》。1919（大正《たいしょう》8）年のことだ。それからじわじわと沖縄《おきなわ》の各地に広がっていったらしい。」

「まぁ、よその土地から来た虫だから、全滅《ぜんめつ》させても生態系《せいたいけい》には問題がないんだよ。」

2人の専門家《せんもんか》の説明に、オオシロさんは「なるほど」と大きくうなずいた。

人間に不利益《ふりえき》をもたらす生物を「害虫」や「害獣《がいじゅう》」とみなすのは人間の都合である。もともとこの土地にいた虫ならば、全滅《ぜんめつ》させると自然界のバランスをこわすかもしれない。だが、外国からやって来た虫なら、もともとの生態系《せいたいけい》を崩《くず》す可能性《かのうせい》がある存在《そんざい》なので、全滅《ぜんめつ》させても問題はない。

「イトウ先生、カキノハナ先生……たいへんなお仕事ですが、よろしくお願いいたします！」

それから2年後、1974（昭和《しょうわ》49）年。

イトウ氏とカキノハナ氏は、達成感に満ちた顔で向かいあっていた。手にしているのは沖縄《おきなわ》名物のお酒、泡盛《あわもり》のグラスだ。

「ウリミバエ退治《たいじ》の『第一歩』を祝して乾杯《かんぱい》！」

2人は、これまでの苦闘《くとう》の道のりを記したノートを感慨深《かんがいぶか》げにながめた。

「ついに週に100万匹《まんびき》のウリミバエを繁殖《はんしょく》させることに成功しましたね。」

「まずまずですね。もっと数を増《ふ》やしていかないと。これからが本番です！」

？

ウリミバエを根絶《こんぜつ》するのが目的なのに、なぜウリミバエを増《ふ》やしたのだろうか。

解《かい》説《せつ》

ウリミバエを根絶《こんぜつ》した作戦「不妊虫放飼法《ふにんちゅうほうしほう》」は、放射線《ほうしゃせん》を当てて生殖能《せいしょくのう》を失わせたオスを野外に放すというもの。このオスと野生のメスが交尾《こうび》して生まれたたまごからは子どもはできないので、ウリミバエの数はじょじょに減《へ》っていく。

長年沖縄《おきなわ》を苦しめた害虫の根絶《こんぜつ》達成は1993（平成5）年のこと。20年もの苦《く》闘《とう》を経《へ》て、沖縄《おきなわ》のゴーヤは日本全国に出荷されるようになったのである。このプロジェクトに挑《いど》んだ伊藤嘉昭《いとうよしあき》さん、垣花廣幸《かきのはなひろゆき》さんらが最初に取り組んだのは人工飼育《しいく》でウリミバエを大量に増《ふ》やすことだった。初期には週に100万匹《まんびき》、のちには週に2億匹《ひき》ものウリミバエを生産。「不妊虫放飼法《ふにんちゅうほうしほう》」を考案したのはアメリカの研究者だが、外国では失敗例も多かったという。成功させるにはウリミバエを低予算で増《ふ》やす飼育法《しいくほう》、人工飼育《しいく》したオスのハエを効果的《こうかてき》に放つやり方、野生のハエの数を推測《すいそく》する技術《ぎじゅつ》などの開発も重要だったそうだ。

09 とても新《しん》鮮《せん》なタコ料理

理由→なぜ？

「うわ、無理、こんなの絶対《ぜったい》食べられない！」

セリーナは目の前に置かれた皿を見るやいなや大げさに目をおおった。

皿の中では、ぶつ切りにした細いタコの足がときおりグニョグニョ動いている。

こわがるセリーナを見て、サクラはおかしそうに笑う。

「え～、すごくおいしそうなのに！」

ここは韓国《かんこく》の料理店。サクラとアメリカ人のセリーナは日本の企業《きぎょう》で働く同僚《どうりょう》だ。

出張《しゅっちょう》で韓国《かんこく》にやって来た2人をご当地名物でもてなそうと、取引先のチェさんがまず注文したのが、この「サンナクチ」。テナガダコという小型《こがた》のタコを生きたままぶつ切りにして、塩を混《ま》ぜたゴマ油であえた料理だ。

「あたしは食べない。アメリカ人はタコを食べる習慣《しゅうかん》がないの！」

「ええ、そうなの？　なんで？」

「見た目が気持ち悪いからよ。タコってまるでエイリアンじゃない。」

「エイリアン？　まぁ、そう言われればそう見えなくもないけど。」

とはいえ、小さいころからタコを食べつけているサクラには、今さらタコが不気味とは思えない。これが文化のちがいというものだろう。

「アメリカでは生の魚介《ぎょかい》なんてほとんど食べないよ。だいたい、これ動いてるし。」

セリーナは身ぶるいした。

「さばいたばっかりで新鮮《しんせん》ってこと。だからおいしいんだよ。」

サクラは熱弁《ねつべん》するが、セリーナは理解《りかい》できないという顔だ。

「前から思ってたけど、日本人って猛毒《もうどく》がある魚でも食べるでしょ？　チャレンジ精神《せいしん》ありすぎだよ。」

「セリーナが言ってるのはフグのお刺身《さしみ》のことかな。フグには確《たし》かに毒《どく》があるよ。

でも、調理の免許《めんきょ》を持ってる人が完全に毒《どく》のある部分を取り除《のぞ》いてるから安全なの。誤解《ごかい》してるってば。日本人も韓国人《かんこくじん》も危険《きけん》なものを食べてるわけじゃないよ。」

「ふーん、そうなのかぁ……。」

セリーナがちょっと表情《ひょうじょう》をやわらげたので、サクラはサンナクチの皿を彼女《かのじょ》の方に寄《よ》せる。

「ね、だからこのサンナクチだって危険《きけん》じゃないよ。一切れだけ食べてみない？」

サクラがこう言って箸《はし》を取ったとき。

それまでニコニコしていたチェさんが、こう声をかけたのである。

「ちょっと待って。サンナクチは危険《きけん》がないとはいえないよ。」


?

サンナクチはポピュラーな韓国《かんこく》料理である。それを注文したチェさんが「危険《きけん》がないとはいえない」と言ったのはなぜか。どんな危険《きけん》が考えられるだろうか。

解説《かいせつ》

サンナクチは生きているテナガダコをさばいてすぐに出す料理。「タコのおどり食い」である。まだ動くほどいきがいいので、しっかりかまないと口の中に吸盤《きゅうばん》がくっついてしまう。もしのどに吸盤《きゅうばん》がはりつけば、のどがつまって窒息《ちっそく》する危険性《きけんせい》があるのだ。料理店ではかみやすいように短めにカットするのがふつうだが、油断《ゆだん》せずによくかんで食べなければいけない。

日本人はタコを好んで食べるが、世界的にはタコを食べる国はあまり多くない。日本以外で、タコをよく食べる主な国は韓国《かんこく》、スペインやイタリアなど。アメリカなどでは、その奇妙《きみょう》な姿《すがた》から「デビルフィッシュ（悪魔《あくま》の魚）」と呼《よ》ばれたりもする。スミをはく、足が切れても再生《さいせい》するなどの特徴《とくちょう》も不気味と思われる一因《いちいん》のようだ。ちなみに、われわれが日ごろタコの「足」と呼《よ》んでいるものは、厳密《げんみつ》には「6本の腕《うで》＋2本の足」である。

10 見習いシェフのクレープ

危機《きき》→逆転《ぎゃくてん》？

ときは1896年、モンテカルロ（モナコ）にて。

イギリスのエドワード皇太子《こうたいし》は、親しいフランス人のレディーをともなって「カフェ・ド・パリ・モンテカルロ」で昼食をとっていた。

「デザートにクレープを頼《たの》む。彼女《かのじょ》のために特別においしいのをね」

「はい、すぐにしたくをいたします。」

アンリはそう言いながら、すでに緊張《きんちょう》しはじめていた。クレープはこのカフェの人気デザートだ。卵《たまご》に牛乳《ぎゅうにゅう》、小麦粉《こむぎこ》で作った生地《きじ》をうすく焼き上げる。見習いシェフのアンリだってクレープの焼き方くらいはマスターしていた。

ただし、お客の目の前で焼き上げるというのが難点《なんてん》なのである。

（皇太子《こうたいし》様の前で、失敗したらどうしよう。）

皇太子《こうたいし》のテーブルの横にワゴンをつけ、アンリはアルコールランプに火をともした。皇太子《こうたいし》も女性《じょせい》も、アンリの手元《てもと》をじっと見つめている。

アンリはフライパンにバターを溶《と》かし、クレープの生地を注ぎ入れてうすくのばした。すぐにふちが黄金色に変わってくる。アンリはすばやくクレープをひっくり返すと、甘《あま》いシロップとコニャック（ブランデーの一種）をふり入れた。皇太子《こうたいし》のリクエストにこたえ、香りづけのコニャックを加えることを思いついたのだ。

ところが――その瞬間《しゅんかん》、フライパンの中に青い炎《ほのお》が立ち上った。フライパンをかたむけたとき、アルコールランプの火がコニャックにうつって燃《も》え上がったのだ。

「うわっ、炎《ほのお》が！」

「燃《も》えてるわ！」

皇太子《こうたいし》も女性《じょせい》も驚《おどろ》いて目を見開いている。

（ああ、なんてこった！）

アンリは大失敗をやらかしたと思った。


しかし、２人はこのクレープをとても気に入ったのである。

「きみ、このクレープはすばらしいね。なんという名前なんだい？」

アンリは何くわぬ顔で言った。

「おほめいただきありがとうございます。これは、わがカフェの新しいメニュー『イギリス皇太子《こうたいし》のクレープ』です。」


？


クレープはまっ黒こげにはならなかった。

フライパンの火はどうなったのだろうか。

解《かい》説《せつ》

アルコールが蒸発《じょうはつ》して、火はすぐに消えた。フライパンの中で燃《も》えたのはお酒そのものではなく、お酒が温まって蒸発《じょうはつ》する気体である。アルコールは水よりも沸点《ふってん》が低い（78・32度）のですぐに蒸発《じょうはつ》し、アルコールが減《へ》れば自然に火は消えてしまう。これは、現代《げんだい》では「フランベ」と呼《よ》ばれる調理技術《ぎじゅつ》だが、むずかしいので絶対《ぜったい》にマネしないこと。

これは実話をもとにした話。のちに菓子《かし》職人《しょくにん》として名を残すアンリ・シャルパンティエが10代のときのエピソードだ。まったくのぐうぜんだが、甘《あま》いシロップがこげたカラメルソースのような風味とコニャックの香りがマッチし、おいしいデザートが誕生《たんじょう》したわけだ。皇太子《こうたいし》が連れの女性《じょせい》の名をとって「クレープ・シュゼット」と名づけたという説もある。さまざまなバリエーションがあるが、現在《げんざい》はクレープ・シュゼットといえばグランマルニエというオレンジのリキュールを使うのが一般的《いっぱんてき》だ。

11 母さんの失敗

失敗→逆転《ぎゃくてん》？

ときは1947（昭和《しょうわ》22）年、福岡県久留米市《くるめし》のラーメン屋「三九《さんきゅう》」にて。

店主のスギノ氏は鍋《なべ》の中のすきとおったダシをながめると、汗《あせ》をぬぐった。

ラーメンスープを作るには、まずダシをとる。この当時、ラーメンといえば鶏《とり》ガラからダシをとるのが主流だったが、スギノ氏はブタの骨《ほね》を使う。大鍋《おおなべ》でブタの骨《ほね》を煮《に》こんだダシに塩味やしょうゆ味の「タレ」を加えて、ラーメンスープができあがるのだ。

ブタの骨《ほね》でダシを取るのは、同じ市内のラーメン屋「南京千両《なんきんせんりょう》」が始めたといわれる。肉屋では、ブタの骨《ほね》は捨《す》ててしまう。もとはゴミになっていたものだから、安く売ってもらえるのも魅力《みりょく》である。

「おっと、仕入れにいかないと。」

スギノ氏は、母親に声をかけた。

「母さん、オレちょっと出かけてくる。すぐもどるから、鍋《なべ》を見ててくれないか。」

「わかったわ、行ってらっしゃい。」

スギノ氏は買い物かごをぶら下げて小走りに出かけていった。


「ただいま！」

「お帰り、早かったね。」

スギノ氏は急いで厨房《ちゅうぼう》にかけこんだ。

（あれ、弱火にして出かけたのに、強火になってる！）

グラグラ煮立《にた》っている鍋《なべ》をのぞき、スギノ氏は急いで火を消す。

「母さん、なんで強火にしたんだよ！」

「それじゃ火加減《ひかげん》が弱すぎるんじゃないかと思ったのよ。」

スギノ氏は絶望《ぜつぼう》のまなざしで鍋《なべ》の中を見つめた。
「ダメだ！　こんなの店に出せないよ！」
スギノ氏はため息をついた。このスープは捨《す》てるしかない。
（捨《す》てる前にひと口だけ味見してみるか。）

この失敗作のスープが、のちに全国的な人気を得《え》るようになるとは——スギノ氏は思いもしなかったのである。

？

強火で煮《に》こみすぎたスープはどのようになっていたのだろうか。

解説《かいせつ》

ブタの骨《ほね》が強火で煮《に》こまれた結果、白くにごっていた。ブタの骨《ほね》からとけだしたタンパク質《しつ》のコラーゲンは加熱するとゼラチンに変わる。ふつう、水と脂《あぶら》は混《ま》ざらないが、ゼラチンには水と脂《あぶら》をくっつける力がある。そのため、水と脂《あぶら》が混《ま》ざって白いドロッとしたスープになったのだ。いわゆる「豚骨《とんこつ》スープ」は、こんなぐうぜんから誕生《たんじょう》した。「三九《さんきゅう》」の初代店主・杉野勝見《すぎのかつみ》さんは失敗作と思ったスープの深いコクに驚《おどろ》いた。店に出すと人気を呼《よ》び、やがて全国に広まっていったわけだ。

ブタの骨《ほね》をスープに使ったのは作中にも登場する「南京千両《なんきんせんりょう》」の店主のほうが10年ほど早いが、こちらは澄《す》んだしょうゆベースのスープだった。今では「豚骨《とんこつ》」といえば白くにごったスープが主流だが、一口に「豚骨《とんこつ》スープ」といっても作り手によっていろいろな味がある。

ちなみに鶏《にわとり》の骨《ほね》にもコラーゲンはふくまれるが、ブタのほうがはるかに含有量《がんゆうりょう》が多い。

12

捕《ほ》虜《りょ》収《しゅう》容《よう》所《じょ》の悲《ひ》劇《げき》

誤《ご》解《かい》→なぜ？

ときは昭和《しょうわ》時代の終わりごろ。

「F《エフ》子さん、こんな遠くまでよく会いに来てくださいました。」

オーストラリア人のL《エル》氏は、ノンフィクション作家のF《エフ》子先生ににこやかに握手《あくしゅ》を求めた。

F《エフ》子先生は、日本の「戦犯《せんぱん》」について取材を行っている。戦犯《せんぱん》とは、戦争犯罪人《はんざいにん》のこと。

F《エフ》子先生は、第二次世界大戦中の新潟県の直江津《なおえつ》捕虜収容所《ほりょしゅうようじょ》のことを調べていた。当時、この収容所《しゅうようじょ》では栄養失調と虐待《ぎゃくたい》のため、60人ものオーストラリア兵の捕《ほ》虜《りょ》が亡《な》くなった。終戦後、捕虜《ほりょ》を虐待《ぎゃくたい》した罪《つみ》を問われ、収容所《しゅうようじょ》の日本人の職員《しょくいん》8人が戦犯《せんぱん》として死刑《しけい》になっている。

（8人もの職員《しょくいん》が死刑《しけい》になるなんて、この収容所《しゅうようじょ》ではいったいどんなことが起こっていたのだろう？）

F《エフ》子先生は、日本人職員《しょくいん》たちが裁《さば》かれた裁判《さいばん》記録も読んでいた。オーストラリア人の証言《しょうげん》によれば、まずは生活環境《かんきょう》がひどかったという。何か月も入浴ができない、トイレは遠くてきたない。食事は栄養価《えいようか》が低く、量も足りない。それでいて長時間の重労働をさせられる。さらに、日常的《にちじょうてき》にちょっとしたことでなぐられたり、靴《くつ》をなめるように命令されたり、ひどい目にあっていたというのだ。

オーストラリア人のL《エル》氏はこの収容所《しゅうようじょ》で1942（昭和《しょうわ》17）年から1945（昭和《しょうわ》20）年まで捕虜《ほりょ》として過《す》ごした人物だ。彼《かれ》は運よく生きのび、故郷《こきょう》に帰ることができた。そして、長い年月がすぎてから、収容所《しゅうようじょ》での生活を回想するようになった。収容所《しゅうようじょ》での日々《ひび》はもちろんつらかったが、中には親切にしてくれた日本人職員《しょくいん》もいた。よい思い出も心に残っていたのだ。

直江津《なおえつ》の地をなつかしく思い出していた彼《かれ》と、収容所《しゅうようじょ》の生き証人《しょうにん》と直接《ちょくせつ》話してみたいと望んだF《エフ》子先生の間に接点《せってん》が生まれ――2人の面会が実現《じつげん》したわけである。

「あんなに不潔《ふけつ》な環境《かんきょう》はオーストラリアじゃどんな田舎《いなか》だって見たことはないですね。あんなのは人間の暮《く》らしじゃない！　食べ物も本当にひどかった。魚や肉はめったに出ないし。」

L《エル》氏が語る内容《ないよう》は、F《エフ》子先生がこれまでに読んできた証言《しょうげん》記録とだいたい同じである。こうしたことについては、F《エフ》子先生は少々《しょうしょう》思うところがあった。

生活環境《かんきょう》が悪かったのは捕虜収容所《ほりょしゅうようじょ》にかぎったことではない。そもそも日本人も食べるものに困《こま》っており、魚や肉なんてめったに口に入らない状態《じょうたい》だった。むしろオーストラリア人たちの口に合うよう、なるべく魚や肉を調達しようと努力していたという説もある。新潟は米の産地だが、野菜は不足していたという。

とはいえ捕虜《ほりょ》だった人に、日本人を弁護《べんご》するようなことを言ってもしょうがない。

そこで、F《エフ》子先生が虐待《ぎゃくたい》についてたずねると、L《エル》氏はニヤリと笑った。

「とんでもないことがありましたよ。病人がたくさん出たときに、日本人職員《しょくいん》が『治療《ちりょう》してやる』と言い出してね。わたしたちの足の上に草を置いて火を燃《も》やしたんです！」

「足の上で火を……？」

F《エフ》子先生は首をかしげた。

「あ、わかりました！　それは、日本でよく使われる『お灸《きゅう》』という治療法《ちりょうほう》です。」

お灸《きゅう》は体のツボに温熱刺激《しげき》を与《あた》え、免疫力《めんえきりょく》を高めたり血のめぐりをよくして不調を改善《かいぜん》する効果《こうか》がある。現代《げんだい》では火を使わないお灸《きゅう》もあるが――肌《はだ》の上でモグサを燃《も》やすお灸《きゅう》ではやけどをすることもある。虐待《ぎゃくたい》と誤解《ごかい》されたのも無理はない。

F《エフ》子先生は一生けん命に「それは虐待《ぎゃくたい》ではない」と説明したが、理解《りかい》してもらうにはだいぶ時間がかかった。

さらに、L《エル》氏は「ワラの靴《くつ》を支給《しきゅう》された」ことを虐待《ぎゃくたい》の一例として語った。これも、日本人にとってはふつうだったワラジというはきものである。

（暴力《ぼうりょく》があったのは事実としても、こうした文化のちがいによる誤解《ごかい》もそうとうあったのかもしれない。）

F《エフ》子先生が少しうつむくと、L《エル》氏はまたまたおかしそうに言った。

「それから、食事で木の根っこが出てきたのはまいりましたよ。あんなもの煮《に》たって食べられるわけがありません。」

「木の根っこね……。直江津捕虜収容所《なおえつほりょしゅうようじょ》というとよくその話が出るけど——それも文化のちがいから生まれた誤解《ごかい》なの。」

?

オーストラリア兵が言う「木の根っこ」は、日本人にとってはふつうの食材だった。それは何だろうか。

解説《かいせつ》

オーストラリア人捕虜《ほりょ》が『木の根っこを食べさせられた』と怒《おこ》ったのはゴボウである。確《たし》かにゴボウは「根」なので、言われてみればそう見えなくもない。ゴボウはキク科の植物。日本ではゴボウは身近な野菜だが、積極的に食べている国はほとんどない。まさに食文化のちがいから生まれた悲劇《ひげき》だ。ゴボウは食物繊維《せんい》が豊富《ほうふ》な食品の代表格《だいひょうかく》。食物繊維《せんい》には腸《ちょう》をそうじして、便秘《べんぴ》を防《ふせ》ぐ効果《こうか》がある。

この話は、ノンフィクション作家の上坂冬子《かみさかふゆこ》をモデルとしている。このゴボウのエピソードは有名で、直江津捕虜収容所職員《なおえつほりょしゅうようじょしょくいん》だった8人の戦犯《せんぱん》は「捕虜《ほりょ》にゴボウを食べさせたせいで死刑《しけい》になった」という話が広まっているが、死刑《しけい》になったのはそのためだけではない。「『木の根』を食べさせたこと」は、オーストラリア人捕虜《ほりょ》たちが告発《こくはつ》したたくさんの「虐待《ぎゃくたい》」「非人間的《ひにんげんてき》な扱《あつか》い」のうちのひとつにすぎないのである。

13

苦肉の策《さく》

理由→なぜ？

ずっと昔。伊豆諸島《いずしょとう》のとある島にて。

新介《しんすけ》は、役人たちが船に塩をどんどん積みこむのをやるせない気持ちでながめていた。苦労して海水からつくった塩は、こうしていつも「年貢《ねんぐ》（税金《ぜいきん》）」として持っていかれてしまう。年貢《ねんぐ》といえばふつうは米だが、この島ではほとんど稲《いね》が育たないので代わりに塩を納《おさ》めているのだ。むしろ塩は貴重品《きちょうひん》なので、江戸《えど》の人たちは塩を根こそぎ持っていってしまう。

「おい、この袋《ふくろ》に入ってるのも塩じゃないのか？」

「そうです。でも、これは島の住民が使う分です。」

しかし、役人は新介《しんすけ》を無視《むし》し、「これも持っていけ」と部下をうながした。

新介《しんすけ》は遠ざかっていく船を見送ってため息をついた。

これから長い冬がやってくる。冬場は強風が吹《ふ》き荒《あ》れる日が多く、なかなか漁に出られない。だから、今のうちに魚を塩につけて干《ほ》し、保存食《ほぞんしょく》を作っておく必要がある。干《ほ》し魚はよその土地に出荷して、米と交換《こうかん》することもできた。

「魚はいくらでもあるのに、かんじんの塩が足りないなんてなぁ。」

新介《しんすけ》は浜《はま》に座《すわ》りこんだ。ふと、視線《しせん》を上げると長兵衛《ちょうべえ》が海水をくんできて、桶《おけ》にあけている。長兵衛《ちょうべえ》は、そこに開いた魚を入れ始めた。

「長兵衛《ちょうべえ》、何やってるんだ？」

「とりあえず海水につけとくんだよ。このままじゃ魚がダメになっちまう。」

海水には塩がふくまれるが、塩づけにできるほど濃《こ》くはない。長兵衛《ちょうべえ》もそんなことはわかっていたが、魚をほうっておくよりはマシだと考えたのである。

「なるほど。水分が蒸発《じょうはつ》すれば、だんだん塩がこくなっていくもんな。」

海水につけた干《ほ》し魚はまああのできだった。せっかく濃《こ》くなってきた塩分がおしいので、新介《しんすけ》と長兵衛《ちょうべえ》はさらにそこに海水をつぎ足して魚をつけた。

「なんだか水がにおうようになってきたけど、だいじょうぶかな。」

一度も海水をかえずに魚をつけているものだから、日がたつごとに桶《おけ》からはプーンとドブのようなにおいがするようになっていた。

「ああ、だいぶくせえよな。」

しかし、ここから取り出した魚を食べてもおなかをこわしたりしなかったので、彼《かれ》らは何か月も、何年も同じ水を使い続けた。

それが島の宝《たから》になるとは思いもせずに……。


?

彼《かれ》らは何年も水をかえずに海水を注ぎ続けた。海水からはくさいにおいがしていたが、なぜ魚はいたんでしまわないのだろうか。

解《かい》説《せつ》

一度使った海水汁《かいすいじる》を捨《す》てずに何度も海水を足しては魚をつけているうちに、魚の成分から微生物《びせいぶつ》が繁殖《はんしょく》し、海水とまざって発酵《はっこう》した。こうしてのちに「くさや菌《きん》」と呼《よ》ばれる菌《きん》が生まれ、独特《どくとく》の酸味《さんみ》、うまみを持った「くさや汁《じる》」が熟成《じゅくせい》していった。これは伊豆諸島《いずしょとう》の特産品である魚の干物《ひもの》「くさや」の誕生《たんじょう》エピソードだ。塩が自由に使えなかったおかげでぐうぜん生まれたくさやは、伊豆諸島《いずしょとう》だけの特産品。室町時代ごろに生まれ、江戸《えど》時代のころには産業としてくさや作りが行われていた。今でも何百年も使い続けた『くさや汁《じる》』を調整しながら使っている漁家があり、家《か》宝《ほう》として大事にされている。においはなかなか強烈《きょうれつ》だが、ハマると大好きになるタイプの珍味《ちんみ》だ。

発酵《はっこう》食品には納豆《なっとう》、しょうゆ、みそ、チーズ、ヨーグルト、キムチなどがある。発酵《はっこう》食品とは微生物《びせいぶつ》（乳酸菌《にゅうさんきん》、麹菌《こうじきん》、酵母《こうぼ》など）の働きで食物が人間にとって「有益《ゆうえき》」に変化した食品のこと。人間にとって「有害」なら「腐《くさ》った」ということになる。

14

イヌイットの知恵《ちえ》

発見→結果？

約100年前、現在《げんざい》のカナダはラブラドール地方にて。

「パパ、行ってらっしゃい。」

「今日はとびきり寒いから、早く帰ってくるのよ。」

幼《おさな》い息子と妻《つま》に見送られ、クラレンスは家のドアをしめた。

冷たい空気が鼻や目を刺激《しげき》して、クラレンスは思わず顔を手袋《てぶくろ》でおおった。

(うわぁ、こんなに寒い日は初めてだ！)

ここでは、もっとも暖《あたた》かい時期でも最高気温は10度を少し超《こ》えるくらい。

真冬はマイナス50度に達することもある。

見わたす限《かぎ》り雪と氷におおわれた極寒の地——ここにアメリカ人のクラレンスが移住《いじゅう》してきたのは、キツネの毛皮を求めて猟《りょう》をするためだ。

幸い、この土地のイヌイットと呼《よ》ばれる先住民たちは親切にしてくれた。彼《かれ》らはアザラシや魚を捕《と》り、トナカイを飼育《しいく》して暮《く》らしている。

アザラシは食料にするだけではない。毛皮は服や靴《くつ》に、脂肪《しぼう》は燃料油《ねんりょうゆ》になる。

驚《おどろ》いたことにイヌイットたちは冬場のアザラシ猟《りょう》のシーズンには数日ごとに引《ひ》っ越《こ》しをするのだ。彼《かれ》らが住んでいるのは、雪のブロックで作ったイグルーというかんたんな住居《じゅうきょ》だ。イグルーはドーム型《がた》で、日本のかまくらに似《に》た形である。

（なるほど、雪はいくらでもあるからどこでも作れるな。）

クラレンスは、その知恵《ちえ》に感心した。クラレンスはイヌイットたちのマネをして、自分でつかまえた魚や鳥を雪にうめて冷凍《れいとう》することを覚えたものだ。

（それにしても寒すぎる。今日は帰ろうかな。）

そう思ったとき、なじみのイヌイットのおじいさんがしゃがみこんでいるのが目に入った。

「今日はアザラシ猟《りょう》じゃないんですか？」

クラレンスが話しかけると、おじいさんは目で下を示《しめ》した。

ぶあつい氷に丸く穴《あな》が開けてあり、おじいさんはそこに釣《つ》り糸をたらしている。

「こんな寒い日は魚釣《さかなつ》りにうってつけなんじゃよ。うまい魚が捕《と》れる。おまえさんもやるか？」

おじいさんは、クラレンスに釣《つ》りの道具を貸《か》してくれた。

「ありがとう。」

クラレンスは言われるまま、おじいさんの近くに腰《こし》かけた。


しばらくすると、おじいさんの釣《つ》り糸がピクピクと動きだした。

「おっ、かかったぞ！」

おじいさんは慎重《しんちょう》に穴《あな》から糸を引き上げる。

そのとき、クラレンスは驚《おどろ》くべき光景を見た。

空気中に引き上げられた魚が一瞬《いっしゅん》にして凍《こお》りついたのである。

「うわ、凍《こお》った！」

クラレンスが思わず身を乗り出すと、おじいさんはカチカチに凍《こお》った魚をゆらしてみせる。

「当たり前だよ。これだけ寒けりゃな。」

「こいつはおもしろい！」

クラレンスは寒さをがまんしてしばらくがんばり、小さな魚を釣《つ》り上げた。

家に帰ると、クラレンスは妻《つま》と息子に凍《こお》った魚を見せながらみやげ話を披露《ひろう》した。

「じゃあ、さっそくそのお魚を料理しようかしら。」

妻《つま》が言うと、息子が反対する。どうやらこの話が気に入ったらしい。

「ダメ！　そのお魚はまだとっておいて！」

さて、後日——この「一瞬《いっしゅん》で凍《こお》った魚」を食べたクラレンスたちは、そのうまさにびっくりした。

（おじいさんの「寒い日は魚釣《さかなつ》りにうってつけ」とはこういう意味だったのか。）

クラレンスはほどなくアメリカに帰国し、新しいビジネスを目指してせっせと研究を始めたのである。

クラレンスはどんな研究を始めたのだろうか。

解《かい》説《せつ》

クラレンスは「一瞬《いっしゅん》で凍《こお》った魚」が、「ふつうの時間で凍《こお》らせた魚」よりおいしいことに気づいた。そこでアメリカに帰ると、「急速冷凍《れいとう》」の研究を始めたのだ。

水の中から釣《つ》り上げられ、冷えた空気に触《ふ》れた魚が一瞬《いっしゅん》で凍《こお》る。その状況《じょうきょう》を再現《さいげん》しようと考えたクラレンスは2枚《まい》の金属板《きんぞくばん》を塩化カルシウムの化学変化を使ってマイナス40度に冷やし、魚をはさむというやり方を編《あ》みだした。クラレンスはこれをもとに機械を設計《せっけい》し、1924年に冷凍《れいとう》食品の会社を起こして大成功する。イヌイットの知恵《ちえ》から冷凍技術《れいとうぎじゅつ》を生み出したクラレンス・バーズアイは「冷凍《れいとう》食品の父」と呼《よ》ばれる。

これ以前にも冷凍《れいとう》食品はあったが、「急速冷凍《れいとう》」のものほどおいしくなかった。

ゆっくり凍《こお》ったものは、その過程《かてい》で食品の内側に大きな氷の結晶《けっしょう》ができてしまい、食品の繊維《せんい》がこわれて味や食感が失われていた。一方、急激《きゅうげき》に凍《こお》ったものは結晶《けっしょう》ができる時間がなく、新鮮《しんせん》な風味や食感が保《たも》たれたのだ。

15

ぼくは殺《ころ》される？

犯罪《はんざい》↓誤解《ごかい》？

アキトはペンを置いて、書き終えた手紙を読み返した。彼《かれ》は料理の専門学校《せんもんがっこう》を卒業し、料亭《りょうてい》で働き始めたばかり。本当は今日、店長のオダジマに「店をやめたい」と言うつもりだったが、言えなかった。うまく説明する自信がなかったからだ。

オダジマさん

この手紙を書くかどうか、悩《なや》みました。だけど、もし、ぼくがおかしな死に方をすることがあったときのために書き残しておくべきだと思ったんです。

ぼくは、クサノさんがこわいです。ぼくの仕事の覚えが悪くて怒《おこ》られるのはしょうがないです。でも、クサノさんは……ぼくのことが心底きらいで、ぼくを殺《ころ》そうとしているかもしれないのです。

今日、ぼくはクサノさんがオチさんに話してるのを聞いてしまったんです。クサノさんは「今度、アキトにフグを食わせてやろうと思ってるんだよ」と言いました。オチさんが「へぇ、ずいぶんやさしいじゃん」と言うと、クサノさんはこう言ったんです。「ふつうのフグじゃないぜ。フグの卵巣《らんそう》をごちそうしてやろうと思うんだ」と。

フグ毒《どく》のテトロドトキシンは肝臓《かんぞう》や卵巣《らんそう》にはまちがいなく含《ふく》まれていますよね。ほんの少し食べただけで中毒死《ちゅうどくし》することは、だれだって知っています。

それからクサノさんは笑って言いました。「ふつうに出したら食わないだろ？だから、まかないの料理（料理人が従業員《じゅうぎょういん》のために作る食事）にこっそり混《ま》ぜてやる。あいつが食べたあとに『それ、フグの卵巣《らんそう》が入ってるんだ』って教えてやるんだ」と。クサノさんが作ったまかないを断《ことわ》るわけにはいきません。

じょうだんかもしれません。でも、じょうだんじゃないかも……。

万が一、ぼくがフグ毒《どく》で死ぬようなことがあったら、犯人《はんにん》はクサノさんです。

次の日、アキトは店長に手紙をわたせなかった。店長は用事で一日中、外出していたからだ。

そしてこの日——クサノは口にしていたように、見たところフグの卵巣《らんそう》が入っているとはわからないパスタ料理をアキトにふるまった。

アキトはそれをひと口も残さずに食べたが、彼《かれ》が恐《おそ》れたようなことにはならなかったのである。


?

アキトは猛毒《もうどく》といわれるフグの卵巣《らんそう》入りの料理を食べた。なぜ無事なのだろうか。

解《かい》説《せつ》

クサノが用意したのは「フグの卵巣《らんそう》のぬかづけ」。そのままだと猛毒《もうどく》のかたまりのようなフグの卵巣《らんそう》を2年以上かけて塩づけ、ぬかづけにすることで毒素《どくそ》を消失させる石川県の郷土《きょうど》料理。「奇跡《きせき》の食品」「石川県の幻《まぼろし》の珍味《ちんみ》」と呼《よ》ばれるこれを、クサノは取り寄《よ》せていたのである。そもそもフグの管理は非常《ひじょう》に厳重《げんじゅう》だ。免許《めんきょ》を持っている人しか扱《あつか》えないし、有毒《ゆうどく》な部位は鍵《かぎ》のかかる容器《ようき》に保管《ほかん》して廃棄《はいき》される。フグの卵巣《らんそう》を調理することは法律《ほうりつ》で禁《きん》じられているが、これは例外的に許《ゆる》されているケースだ。しかし、毒《どく》が分解《ぶんかい》されるメカニズムはまだ解明《かいめい》されていないため、土地に伝わる製法《せいほう》を変えることなく守り続けている。できあがったものは検査《けんさ》で毒《どく》素《そ》が消失したことを確認《かくにん》して出荷される。

クサノは純粋《じゅんすい》に親切心から、アキトに「サプライズで貴重《きちょう》な珍味《ちんみ》を食べさせてあげよう」と思っただけだった。塩みの強さとうまみを生かすようパスタに仕立てたそれをおいしく食べ、あとで真実を知らされたアキトはとても驚《おどろ》いたのである。

16

とってもおいしい黒豆

理由→なぜ？

あたしはくるくる巻《ま》いた昆布《こんぶ》をかんぴょうで結ぶ作業と格闘《かくとう》していた。昆布《こんぶ》はヌルヌルすべるし、かんぴょうがきれいに結べない。

「ちょっとトシコさん、かんぴょうのはじっこをそんなに長く残したらダメだよ。見栄えが悪いでしょ。きれいに短く切って。あ、それじゃ短く切りすぎ。もったいないわねぇ！　もういいわ、あたしがやるから。」

「すみません……。」

さっきからユカおばさんにあやまりっぱなしだ。でも、あたし、昆布巻《こぶま》きなんて作るの初めてなんだもん。うちの実家じゃ、おせち料理はほとんど買ってきてたし。

今日は12月30日。あたしは夫のノブヒコの実家に来ている。

お正月はノブヒコの両親の家に親せきがたくさん集まる習わしだという。今年ノブヒコと結婚《けっこん》したばかりのあたしにとっては初めての経験《けいけん》だ。

大勢《おおぜい》集まるから、ノブヒコの両親――ハナヨ義母《かあ》さんとタツオ義父《とう》さんだけじゃおせち料理作りが間に合わない。で、あたしもお手伝いすることになったわけ。

料理が苦手なあたしに、2人ともやさしく教えてくれる。

ところが、さっき到着《とうちゃく》したノブヒコのおばであるユカおばさんが強烈《きょうれつ》なんだよね。

ユカおばさんは、ハナヨ義母《かあ》さんの料理にもいろいろ文句《もんく》をつけてる。

「ハナヨさん。このお煮《に》しめの味つけ、甘《あま》すぎ。あたしが煮直《になお》してあげるね。」

「このきんとん、ハナヨさんが作ったのよね？　色がイマイチきれいじゃないんだけどクチナシ入れた？　あ、やっぱり入れてないんだ。」

と、こんな調子。

昆布《こぶ》巻《ま》き作業をクビになったあたしがお茶を入れていると、そっとタツオ義父《とう》さんが声をかけてくれた。

「トシコさん、ごめんね。あの人、毎年こうなんだよ。」

「いえ。あたしがダメなんで……。」

そこへユカおばさんの声が飛んできた。

「ねぇ、タツオさん。このワゴンテーブルってどこで買ったの？」

「ああ、それはハナヨが作ったんだ。ハナヨは最近、木工が趣味《しゅみ》なんだ。」

ユカおばさんは「へーえ」と驚《おどろ》いた顔になる。

「使いやすくていいじゃない。ハナヨさーん。これと同じのあたしにも作って！」

ハナヨ義母《かあ》さんはニコニコしながら奥《おく》の部屋から出てきた。

「ちょっと時間をいただければ作りますよ。」

「お願いね。あとで寸法《すんぽう》を言うからその通りに作って。あ、ノブヒコさん、あなたヒマそうだから買い物行ってきて。黒豆煮《に》るからお砂糖《さとう》買ってきてほしいの。」

「砂糖《さとう》ならたくさんありますよ。」

ノブヒコが砂糖《さとう》の袋《ふくろ》を取り出すと、ユカおばさんは首を横にふった。

「そんな安物の砂糖《さとう》じゃダメよ。あーあ、うちから持ってくりゃよかったわ。」

なんて言い方！　ノブヒコとあたしは思わず顔を見合わせる。

タツオ義父《とう》さんはあきらかにムッとしたけど――ハナヨ義母《かあ》さんが肩《かた》をポンとたたいたので、口をぐっと結んだ。そして、奥《おく》の部屋にスタスタ行ってしまった。

ノブヒコが注文通りの砂糖《さとう》を買ってくると、ユカおばさんは黒豆を煮《に》る準備《じゅんび》にかかった。煮汁《にじる》を作って、乾燥《かんそう》した黒豆を入れて一晩《ひとばん》つけてから、何時間もかけて煮《に》るんだって。すごく手間がかかるんだなぁ。

まぁ、ユカおばさんの料理へのこだわりにはすなおに感心する。あの人、かざりに使う松葉とか笹《ささ》の葉も用意してきてるんだもん。それから金箔《きんぱく》まで。イクラとかにちょびっとふりかけるんだって。

豪華《ごうか》なおせち料理を食べるのは楽しみだな。特に、黒豆は大好物だし。

そして、大みそかの夕方。すべてのおせち料理ができあがった。

みんなでダイニングで早めの年越《としこ》しそばを食べているとき、あたしは台所にお湯をわかしに来た。

ふと、黒豆のおなべが目に入ったら味見したくなってさ。迷《まよ》わずひょいとフタを持ち上げたの。ふっくらツヤツヤの黒豆が、しっかり煮汁《にじる》にひたっておいしそう。

あたしは、そっと木のスプーンを入れた。そしたら……！

目を疑《うたが》った。鍋《なべ》の底のほうに、クギが数本入ってる！

きのうからのユカおばさんの感じ悪い態度《たいど》がいろいろ思い出された。

だれかが、ユカおばさんにいやがらせをするために入れたの⁉

いったいだれがこんなことをしたの……？


黒豆の鍋《なべ》にクギを入れたのはだれだろうか。なぜそんなことをしたのか。

解説《かいせつ》

黒豆の鍋《なべ》にクギを入れたのは、ユカおばさんだ。じつは黒豆を煮《に》るとき、クギを入れるのは色を美しく仕上げるコツなのだ。クギの鉄の成分と黒豆にふくまれるアントシアニンという色素《しきそ》が結合して、きれいな黒色が保《たも》たれるのだ。クギを入れるかわりに鉄の鍋《なべ》を使ってもいい。クギはそのままでもいいが、ガーゼにくるんだりお茶を入れるパックに入れたりするのが安全だ。トシコはクギが入っていたことをだれに言おうか悩《なや》んだあげく、ユカおばさんに知らせたところ、真相がわかってホッとしたのである。同時につまみ食いしようとしたこともバレたのだが……。

お正月に黒豆を食べるのは、「豆」に「健康」「じょうぶ」という意味があるため。昆布《こんぶ》は「よろこぶ」からのごろ合わせ。おせち料理にはそれぞれ意味があるので、調べてみてほしい。

17

迷《まい》子《ご》のトリュフ犬

理由→なぜ？

「ニコラ！　ニコラ！」

木々《きぎ》の向こうからだれかに呼《よ》びかける人の声が聞こえてきて、助かったと思った。

森に迷《まよ》いこみ、うす暗くなってきて不安になっていたぼくは、声のする方にかけだした。声の主の前に飛び出したとき、どんなにホッとしたことか。

しかし、ぼくと向かい合った男は、犯罪者《はんざいしゃ》を見るようなきびしい目をしていた。

「なんだ、おまえは？　どこから来た⁉」

ぼくは反射的《はんしゃてき》に両手を上げて言った。

「あやしい者ではありません。ぼくはリチャード・パーカー。アメリカ人の旅行者です。うろついてるうちに迷子《まいご》になって……。」

「旅行者？　本当だろうな？」

男はぼくをジロジロながめた。ぼくは友好的な笑みをうかべ、逆《ぎゃく》に質問《しつもん》した。

「あなたはニコラさんという人を探《さが》しているんですか？」

「ああ。ニコラはオレの犬だ。ボーダー・コリーなんだが。」

「えっ。ボーダー・コリーならさっき見かけましたよ！」


30分後。ぼくの案内で愛犬を見つけると、彼《かれ》は別人のように愛想よく言った。

「ありがとう。できるかぎりのお礼をさせてもらうよ！　オレはトンマーゾだ。」

トンマーゾはぼくを自宅《じたく》に招《まね》き歓待《かんたい》してくれた。彼《かれ》はトリュフハンターだという。

「トリュフって高級キノコですよね。」

「そう。いろいろな種類があるが、高値《たかね》で取引されるのは白トリュフと黒トリュフだ。この森はトリュフの産地だが、許可《きょか》されたトリュフハンターしか採集《さいしゅう》することはできない。ときどき、あやしいヨソ者がまぎれこんできて、迷惑《めいわく》してるんだ。」

「トリュフって人工栽培《さいばい》はできないんですか？」

「なかなか難《むずか》しいそうだ。トリュフは土の中で、生きた樹木《じゅもく》の根に寄生《きせい》して育つ。限《かぎ》られた条件《じょうけん》の特別な自然環境《かんきょう》のなか、まわりの環境《かんきょう》と共生しながら熟成《じゅくせい》されていくんだ。」

そうだった。トリュフはふつうのキノコとちがって土の中で育つんだ。

「これが白トリュフだ。」

ぼくはトンマーゾの手の上の――ぶかっこうな生焼けのスコーンのような物体をまじまじと見つめる。

土っぽいような草のにおいのような……それでいてどこかうっとりさせる独特《どくとく》の香りがただよう。

「キノコは空気中に胞子《ほうし》をまき散らして増《ふ》える。土の中で育つトリュフは地上に出してもらうために、香りを発して動物に場所を知らせるんだ。」

「なるほど！　たしかブタはトリュフを見つける名人でしたよね？」

「ああ。トリュフの香りは、オスのブタが発するフェロモンのにおいと似《に》ているそうでね。つまり、メスのブタの大好物ってわけさ。」

「動物の力なしに見つけることはできないんですか？」

「ムリだね。地下40～50センチくらいのところにうまってるから。深いものだと1メートルくらいいってこともある。場所が特定できないのにあちこち掘《ほ》り返したら土《ど》壌《じょう》がめちゃくちゃになっちまう。だがね、今はブタを使う人は少ない。オレの相《あい》棒《ぼう》はこいつだ。」

トンマーゾは、ちょうど足もとにやってきたニコラの頭をなでた。

「へぇ、犬もトリュフを探《さが》せるんですね。」

「犬は鼻がいいだけじゃない。かしこいし従順《じゅうじゅん》だし。しかし、最近はトリュフ狩《が》りのシーズンになると、トリュフ犬がさらわれる事件《じけん》が多くてな。」

そうか。それであんなに警戒《けいかい》されたんだな。

ぼくの内心を読んだかのように、トンマーゾはすまなそうに笑う。

「申し訳《わけ》なかった。でも、あせったよ。トリュフ犬を奪《うば》われたら商売あがったりだ。また新しい犬を一から訓練しなきゃならないし……。」

ふと、疑問《ぎもん》が浮《う》かんだ。

「訓練が必要ってことは、犬はトリュフが好物なわけじゃないんですね。じゃあ、ブタを使った方がラクじゃないですか？」

すると、トンマーゾは白トリュフを手の中でころがしながら言ったのだ。

「トリュフは毎年これだけ採《と》れるという保証《ほしょう》はない。本当に貴重《きちょう》なものだから、一つとしてムダにはできないんだよ。」


?

トンマーゾの言葉は何を意味しているのだろうか。訓練しなくても生まれつきトリュフを探《さが》し出す能力《のうりょく》のあるブタの欠点とは何か。

解説《かいせつ》

メスブタは生まれつきトリュフの香りが好きなだけに、掘《ほ》り出したトリュフを食べてしまうことがあるのだ。貴重《きちょう》なトリュフを時間をかけて採《と》るのに、食べられてしまっては損《そん》である。犬なら、その心配はぐっと少なくなる。トリュフ採集《さいしゅう》で人間が道具を使って掘《ほ》っていいのは「ブタや犬が場所をかぎつけて掘《ほ》り始めたあと」と決まっている。やみくもに掘《ほ》り返してはいけないのである。トリュフ犬の訓練は、まずトリュフのにおいを覚えさせ「見つけたらほめる」ことをくり返して行われる。

トリュフは高値《たかね》で取引されるため、トリュフハンター以外の人が許可《きょか》されていない場所に侵入《しんにゅう》したり、トリュフ犬が誘拐《ゆうかい》される事件《じけん》も多発しているそうだ。

トンマーゾは主人公にバターと塩で味つけしたスパゲッティにスライスした白トリュフをまぶした料理をふるまってくれた。トリュフは、キャビア、フォアグラと並《なら》び世界三大珍味《ちんみ》に数えられる食材である。

18

注文のむずかしい料理店

理由→なぜ？

ここは中国の、とある料理店。

オレは大きなメニューブックをながめて絶望《ぜつぼう》していた。

「ダメだ。さっぱりわかんねぇ。漢字だから楽勝だと思ったのに、見たことない字ばっかじゃん。」

「オレもムリ！　降参《こうさん》！」

ノリヤはテーブルに顔をふせた。大学のテストのとき、こいつがよくやる動作だ。

「いや、じっくり見ればちょっとは解読《かいどく》できそうだよ。」

タツロウは冷静にメニューを見ている。タツロウがいてよかったなぁ。

オレたちは大学のクラスメイトだ。やっぱり同じクラスで中国人留学生《りゅうがくせい》のジュンユーに誘《さそ》われ、中国旅行にやって来た。

それが――記念すべき最初の食事でメニューが読めない大ピンチ。

この店を選んだのはもちろんジュンユーだ。ところが、ジュンユーのおばあちゃんが転んでケガをしたって連絡《れんらく》が入ってさ。ジュンユーは急いで病院にかけつけることになったんだ。


タツロウがうれしそうにメニューの字を指さした。

「ほら、読めるのあったよ。『麻婆豆腐《まーぼーどうふ》』。」

おっ、これは日本とまったく同じじゃん？

「あと、これは『青椒肉絲《ちんじゃおろーすー》』だよね。」

そこには「青椒肉丝」とある。4つめの字がナゾだけど、「絲《いと》」と似《に》てるからまちがいないだろう。すると、ノリヤがわめいた。

「なぁ、せっかく中国にいるんだからもっと珍《めずら》しいもん食おうぜ！　日本の定食屋で食べられるようなんじゃなくてさ。」

「そんなこと言ったって料理名が読めないいんだし。わけわかんないもんが出てきたらどうすんだよ！」

オレが言うと、ノリヤはニカッと笑う。

「上等だよ。中国料理ってゲテモノがあるんだろ？　ツバメの巣とか蚊《か》の目玉とか。虫もよく食べるんだよな。あとヘビ、カエル、サソリとか。たしか犬も……。」

「やだ！　オレはそういうの食べたくない。ゲテモノ食材とか苦手なんだよ。」

オレとノリヤがギャアギャアやりあってると、タツロウが口をはさんだ。

「ゲテモノっていうのは失礼だよ。日本人だって外国から見たら十分変なもの食べてるんだから。ぼくたち生の魚卵《ぎょらん》をフツーに食べてるけど、それって世界的には珍《めずら》しいんだって。生たまごを食べるのも。」

ふーん、そうなのか。気をとりなおして、まじめにメニューを見るとするか。

「三人寄《よ》れば文殊《もんじゅ》の知恵《ちえ》」とはよくいったもんで、3人であれこれ言ってるうちに少しずつメニューが解読《かいどく》できていく。

「『面』は、『麺《めん》』のことらしいな。」

「この『水煮牛肉』ってのは牛肉の煮込《にこ》みだろうね。頼《たの》んでみる?」

「いいと思う。っていうか、豚肉《ぶたにく》とか鶏肉《とりにく》とかエビの料理がないのおかしくね?」

「字がちがうんじゃないかな。チャーハンもビミョーに字がちがうし。」

炒飯《ちゃーはん》は『炒饭』となっている。「炒」の字がなかったら、チャーハンとは気づけないだろうな。よーし、オレもあきらめないでメニューをしっかり見るぞ!

そして、ついに見つけたんだ。オレは「棒棒鸡」の文字を指さした。

「鶏《にわとり》、あった〜っ! ほら、これ『棒棒鶏《ばんばんじー》』だろ?」

ノリヤは感心したようにうなずいて言う。

「よく見つけたな。じゃ、この『酥炸田鸡』っての頼《たの》んでみようぜ。どんな料理かわからないけど、鶏肉《とりにく》料理ならいいよな。」

でもなんで「田鶏」なんだ? 田んぼに来る鳥? 鶏《にわとり》じゃなくてサギとかアヒルとかなのかな。

頼《たの》んでみたら大当たり。運ばれてきた「酥炸田鸡」は唐揚《からあ》げだったんだ。

そこへ、「おそくなってごめん」とジュンユーがやって来た。おばあちゃんのケガはたいしたことなかったらしい。

ジュンユーは山盛《やまも》りの「酥炸田鸡」を見て目を輝《かがや》かせた。

「うれしいな。日本じゃなかなか食べられないからね！」

え？　日本じゃなかなか食べられない⁉

オレはかぶりついたそれをしげしげとながめ、ジュンユーにその正体を聞いて「うげっ！」とさけんだ。

いや、うまいんだよ。味は鶏肉《とりにく》そっくりだから気がつかなかったけど。これは鶏《にわとり》じゃなく――ほかの鳥でもなかったんだ。

これは「鳥」の肉ではなかった。「田鶏」とは何なのか、想像《そうぞう》してみてほしい。

解説《かいせつ》

「田鶏《ティエンジー》」とは中国語でカエルのこと。田んぼにいること、肉の味があっさりして鶏肉《とりにく》に似《に》ていることから「田鶏《ティエンジー》」となったのだ。主人公はジュンユーに教わって驚《おどろ》いたが、おいしく食べられたので結果オーライ。実際《じっさい》に食べてみないとわからないものだ。「水煮牛肉《シュイジューニューロー》」は、豆板醤《とうばんじゃん》など辛《から》いスパイスをきかせた牛肉の煮込《にこ》み。「水《みず》煮《に》」は「スープ煮《に》」の意味だ。

ちなみに「豚肉《ぶたにく》」は中国語で「猪肉《ツーロー》」である。豚《ぶた》料理を食べたければ「猪《いのしし》」を探《さが》すこと。じゃあ猪《いのしし》はというと、「野猪《イエツー》」と書く。鶏肉《とりにく》は「鸡肉《ジーロー》」。

中国料理はフランス料理、トルコ料理とならび「世界三大料理」に数えられる。さらに中国料理の中で有名な4大料理は以下の通り。①北京《ペキン》料理（宮廷《きゅうてい》料理の北京ダック、庶民的《しょみんてき》な肉まん、餃子《ぎょーざ》など）②四川《シセン》料理（麻婆豆腐《まーぼーどうふ》や担々麺《たんたんめん》などピリ辛《から》料理が有名）③上海《シャンハイ》料理（上海蟹《しゃんはいがに》、海鮮《かいせん》あんかけなど海鮮《かいせん》料理が有名）④広東《カントン》料理（フカヒレ、アワビ、ツバメの巣など高級食材で知られる）。

19

お坊《ぼう》さんはつらいよ

危《き》機《き》↓逆《ぎゃく》転《てん》？

ときは江戸《えど》時代。ひなびた村の山寺にて。

和尚《おしょう》は冷たいごはんにみそ汁《しる》をぶっかけ、サラサラとかきこんだ。それから、漬《つけ》物《もの》の皿にはしをのばす。サラサラ、ポリポリ。これを何度かくり返して、和尚《おしょう》の晩《ばん》ごはんはものの5分ほどで終了《しゅうりょう》した。

和尚《おしょう》は、お膳《ぜん》を下げにきた弟子にぐちっぽく言った。

「そろそろ肉でも食べたいもんじゃのう。」

弟子はたちまち目を輝《かがや》かせた。

「いいですねぇ。そうとなったら明日あたり、キジか何かつかまえに行ってまいります。」

「キジか。キジもいいが……。」

和尚《おしょう》は、そこで声をひそめた。

「わしは獣《けもの》の肉が食べたいんじゃ。」

弟子は困《こま》ったように眉《まゆ》をひそめた。

それから、ゴクリとのどを鳴らしてつばをのみこんだ。

「獣《けもの》の肉ですか……。」

わが国の肉食の文化は古く、縄文《じょうもん》時代のころから肉を食べる習慣《しゅうかん》はあった。しかし、飛鳥《あすか》時代に中国・朝鮮《ちょうせん》半島を経《へ》て仏教《ぶっきょう》が伝わると、肉食は避《さ》けるべきだと考えられるようになった。仏教《ぶっきょう》では「生き物を殺《ころ》すとバチが当たる」とされていたからだ。

とはいえ、そこまでしっかり禁止《きんし》されていたわけでもなく、人々《ひとびと》はシカやイノシシ、クマ、ウサギ、タヌキ、キツネ、野鳥などを好んで食べていた。

だが、江戸《えど》時代に入り――徳川綱吉《とくがわつなよし》が将軍《しょうぐん》になると、きびしく肉食を禁《きん》じるようになった。動物愛護《どうぶつあいご》を唱えた将軍《しょうぐん》として知られる綱吉《つなよし》は、「すべての生きているものの命を大切にするべし」とうったえたのである。よく考えると、獣《けもの》の肉はダメで魚や鳥類は食べてよかったのは人間の都合としか思えないのだが……。

しかし、一度覚えたうまいものを断《た》つのは至難《しなん》のワザ。

そこで、人々《ひとびと》は「薬食い」という言葉を作り出した。獣《けもの》の肉には栄養があるから「薬として、健康維持《いじ》や病気を治すために食べる」という意味だ。へりくつみたいな名目だが「薬食い」は許容《きょよう》されていた。

そんなわけで「肉食禁止《きんし》」といいつつも、実際《じっさい》は身分の高い人だって農民だってちょいちょい肉を食べていたが、お坊《ぼう》さんはそういうわけにいかない。仏教《ぶっきょう》の教えを守らなければいけない立場だからである。

「ああ、ウサギはうまいなぁ。」

和尚《おしょう》と弟子はひさしぶりのウサギ鍋《なべ》に舌《した》つづみを打っていた。

「みんな肉を食べてるのに、わしらだけガマンしなきゃいけないなんて不公平じゃ。」

「和尚《おしょう》が話のわかる人でよかったです。ねぇ、ウサギに感謝《かんしゃ》していただけば、バチが当たるなんてことないですよね？」

「当たってたまるか。おい、そうウサギウサギと言うんじゃないぞ。これはヒミツなんだからな。」

「そういう和尚《おしょう》だって言ってるじゃないですか。」

「おっと、こりゃ一本とられたな。」

2人は笑いあいながらおなかいっぱい食べ、幸せな気持ちで眠《ねむ》りについた。

ところが、翌日《よくじつ》。和尚《おしょう》のもとに幕府《ばくふ》の役人がやって来てこう言ったのである。

「おまえは昨晩《さくばん》ウサギを食べていたそうだな。証拠《しょうこ》はある。おまえたちが『ウサギはうまい』と言ってるのを聞いた者がいるんだ。」

（しまった。だれかが密告《みっこく》の賞金《しょうきん》欲《ほ》しさに通報《つうほう》したんじゃな。）

和尚《おしょう》は冷や汗《あせ》をかいた。

認《みと》めれば、どんな罰《ばつ》を受けるかわかったものではない。

「どうだ、ウサギを食べたのは確《たし》かなんだろう?」

しかし、和尚《おしょう》はこの場を切りぬけるアイディアを思いついたのだ。

「ははぁ、わかりましたよ。密告《みっこく》した人は聞きまちがいをしたんです。わたしども は『ウサギ』なんて言っちゃいません。わしらが食べたのは2種類の鳥の肉ですか らね。」


和尚《おしょう》はとっさに思いついたダジャレでこの場を切りぬけた。

彼《かれ》は何と何の肉を食べたと言ったのだろうか。

解《かい》説《せつ》

和尚《おしょう》は、「食べていたのは『鵜《う》』と『鷺《さぎ》』だ。それを『ウサギ』と聞きまちがえたのだろう」と言いはって役人を追い返したのである。いつ、だれがこの言い逃《のが》れを使い始めたのかははっきりしないが、「ウサギ」を鳥といつわって食べるインチキは世に広まったそうだ。

ウサギを「1羽、2羽」と数えるのは、このことに由来するといわれる。ほかに「ウサギの耳が鳥の羽に見えるから」「ウサギが2本の後ろ足で立つ姿《すがた》が鳥に似《に》ているから」などの説もある。現代《げんだい》では、ウサギの数え方は「1羽」「1頭」「1匹《ぴき》」のどれを使ってもまちがいではない。

肉食がはばかられたこの時代、シカ肉を「もみじ」、イノシシの肉を「ぼたん（花）」、馬肉を「さくら」などと別名で呼《よ》ぶ風習もあった。風流に思えるが、じつは必要にせまられて生まれた呼《よ》び名なのである。

20

足《あし》軽《がる》のお手《て》柄《がら》

危《き》機《き》→対《たい》処《しょ》？

ずっと昔。日々《ひび》、激《はげ》しい戦《いくさ》がくり広げられていた時代のこと。
足軽の彦三郎《ひこさぶろう》は、山の中でひっそりと息をひそめていた。

足軽とは、大名が合戦のときに雇《やと》い入れた臨時《りんじ》の兵士《へいし》のこと。彦三郎《ひこさぶろう》は、もとは農民だ。だが、足軽として大名の下で働けば、なかなかいい報酬《ほうしゅう》がもらえる。それにつられて足軽になったのだ。

（戦《いくさ》なんておっかないけど、まずしい生活から脱出《だっしゅつ》するチャンスだからな。もし、うまいこと手柄《てがら》を立てることができたら、さらにたくさんのほうびがもらえるかもしれない！）

かんたんな訓練を受け、刀が貸《か》し出された。身を守る胴《どう》、こて、すね当てと頭にかぶる陣笠《じんがさ》（うすい鉄の笠《かさ》）なども貸《か》してもらった。こうしてインスタント武士《ぶし》が誕《たん》生《じょう》したわけである。そして、いよいよ合戦に身を投じた彦三郎《ひこさぶろう》は敵《てき》とむがむちゅうで戦った。しかし、たちまち劣勢《れっせい》に追いこまれ、仲間と散り散りになってしまったのだ。

ガサッと音がして茂《しげ》みがゆれたとき、彦三郎《ひこさぶろう》は心臓《しんぞう》が止まるほど驚《おどろ》いた。

（敵《てき》か……!?）

ふるえる手で刀をぬき、身構《みがま》える。

だが——茂《しげ》みの向こうから顔を出したのは、まだ幼《おさな》い少年である。

彦三郎《ひこさぶろう》は少年の顔に見覚えがあった。何よりその上品な身なりからしてまちがいない。彦三郎《ひこさぶろう》は立ち上がって少年に声をかけた。

「久森《ひさもり》家の若君《わかぎみ》、松成《まつなり》さまじゃありませんか？」

「はい、そうです。」

(やった！　運がめぐって来たぞ！)

彦三郎《ひこさぶろう》はこおどりした。大名家の長男であるこの少年は、どうやら家臣とはぐれてしまったらしい。若君《わかぎみ》を助けてぶじに送り届《とど》けることができたら、大手柄《おおてがら》ではないか。彦三郎《ひこさぶろう》はさっそく松成《まつなり》の方にかけよった。

「わたしは彦三郎《ひこさぶろう》と申します。おけがはありませんか？　この彦三郎《ひこさぶろう》、松成《まつなり》さまを命にかえてもお守りします。」

「ありがとう、彦三郎《ひこさぶろう》。」

「この水を飲んでください。」

彦三郎《ひこさぶろう》はそう言ってからハッとした。腰《こし》にぶら下げていた竹の水筒《すいとう》がない。どこかに落としてしまったらしい。

近くに井戸はあるが、敵地《てきち》の井戸には毒《どく》が入れられている可能性《かのうせい》が高いと教わっている。

しかし、そのとき……彦三郎《ひこさぶろう》のそばをタヌキが一匹《ひき》かけぬけていったではないか。

「松成《まつなり》さま、ここで待っていてください！」

思った通り、タヌキの後を追うと川が見つかった。彦三郎《ひこさぶろう》が大きな葉っぱをたたんで作ったコップに水をくんでくると、松成《まつなり》はのどを鳴らして飲みほした。

「ありがとう、もう2日ほど何も食べていなかったんです。」

彦三郎《ひこさぶろう》はふと気づいて、松成《まつなり》のひたいにふれた。

（熱がある！　こりゃたいへんだ。何か食べさせないと。）

とはいえ、用意してきたにぎり飯はとっくに食べてしまっている。今、持っている食糧《しょくりょう》は布袋《ぬのぶくろ》に入れた米。それから、むしろをゆわえた縄――これは、じつはズイキ（サトイモの葉柄《ようへい》（葉と茎《くき》をつなぐ部分）を乾燥《かんそう》させたもの）である。ズイキにはみそをしみこませて乾《かわ》かしてあるので、水でもどすとみそ汁《しる》ができる。

「これから米を炊《た》いてあげましょう。」

米と聞いて松成《まつなり》はうれしそうに顔を輝《かがや》かせた。

彦三郎《ひこさぶろう》は石を集めてきてかまどを作った。たき木を並《なら》べて火打ち石で火をつけるのを、ものめずらしそうにながめていた松成《まつなり》は、ふとあたりを見回した。

「あの……鍋《なべ》がないようですが、どうやって米を炊《た》くんですか?」

　すると、彦三郎《ひこさぶろう》は得意《とくい》そうに笑ったのである。

「松成《まつなり》さま、心配はご無用です。おいしいご飯をこしらえてみせますから。」

彦《ひこ》三《さぶ》郎《ろう》はこの絵の中にある持ち物を使って米を炊《た》いた。いったい何を使ったのだろうか。

解《かい》説《せつ》

彦三郎《ひこさぶろう》は陣笠《じんがさ》を鍋《なべ》の代わりにして米を炊《た》いたのである。この方法は下級武士《ぶし》たちにとっては常識《じょうしき》だったという。

武士《ぶし》はいろいろな携行食《けいこうしょく》を持ち歩いていた。「干《ほ》し飯《いい》」は炊《た》いたご飯を干《ほ》して乾燥《かんそう》させたもの。水でもどしたり、雑炊《ぞうすい》にしていただく。塩分の補給《ほきゅう》も大事なので、塩やみそも必需品《ひつじゅひん》。梅干《うめぼ》しは塩気がなくなるまで、何日もかけて種をしゃぶっていた。本文に登場するみそをしみこませたズイキはじょうぶなので荷物をしばる縄としても使えるのがすごい。

松成《まつなり》はズイキをしゃぶりながらご飯《はん》を食べ、体力を回復《かいふく》した。彼《かれ》をぶじに送り届《とど》けた彦三郎《ひこさぶろう》は大名からたくさんのほうびをもらい、大満足でふるさとに帰ったのである。

21 思い出の味を求めて

失敗→逆転《ぎゃくてん》?

ときは明治《めいじ》時代後期。

海軍エリートであるトウゴウ氏は海軍の料理長と食事について話しあっていた。

このころ、日本の首脳《しゅのう》たちは体格《たいかく》のよい欧米人《おうべいじん》に強い対抗意識《たいこういしき》を持っていた。強い軍隊をつくるには、日々《ひび》の栄養や健康管理の改革《かいかく》が必要と考えられた。

「トウゴウさんは若《わか》いころイギリスに留学《りゅうがく》していたことがあるんですよね。どんなものを召《め》しあがっていたんですか?」

料理長に問われると、トウゴウ氏は目を細めた。

「ああ、特にうまかったのはなんといってもビーフシチューだ。」

「ビーフ……シチューですか。どんな味なんですかね？」

料理長は目をパチパチさせた。

「具は牛肉、ジャガイモだ。タマネギとニンジンも入っていたな。茶色くてドロリとして、なんともいえないコクがあって。話してたら食べたくなってきたぞ。料理長、ビーフシチューを作ってくれないか？」

「ええ⁉ そう言われましても……。」

料理長が食べたことのある「シチュー」は、白っぽいアイリッシュシチューというものだった。

「ビーフシチューはどうして茶色になるんですかね？」

「そういえば味つけにワインを使ってると聞いたような気がするな。」

「ワイン⁉」

これまた手に入りにくいものを挙げられて、料理長は困り顔《こまりがお》だ。

だが、トウゴウ氏に強く頼《たの》みこまれたので料理長はひとまず試作を始めた。牛肉とタマネギ、ジャガイモをいためて――問題はどんな味つけで煮《に》こむかだ。

（ワインなんかないし、茶色にするにはしょうゆだよな。それだとしょっぱくなるが、トウゴウさんは甘《あま》みもあると言っていた。砂糖《さとう》も入れるか……。）

「これはビーフシチューとは似《に》ても似《に》つかないな。」

トウゴウ氏はひと口食べてそう言った。

「申し訳《わけ》ありません。」

しかし、トウゴウ氏はうなだれる料理長の顔を見つめて笑いかけたのだ。

「だがな……なかなかうまいぞ！」

その料理は海軍のメニューに採用《さいよう》され、やがて全国に広まったのである。

?

この料理は、日本を代表する家庭料理のルーツになった。何の料理だろうか。

解説《かいせつ》

答えは肉じゃが。明治《めいじ》時代になると文明開化の機運を受け、多くの料理人は西洋料理を取り入れていった。明治《めいじ》時代の中ごろにはビーフシチューを出すレストランもあったといわれるが、まだ広く知られてはいなかったようだ。ちなみにビーフシチューが茶色いのは、小麦粉《こむぎこ》をバターでいためてこがす「ブラウンソース」のため。そこに赤ワイン、トマトを加えるのが一般的《いっぱんてき》だ。この話は、のちに日露《にちろ》戦争で大活《だいかつ》躍《やく》をしたことで知られる日本の軍人、東郷平八郎《とうごうへいはちろう》の逸話《いつわ》をもとにしたもの。東郷《とうごう》が呉《くれ》（広島県）の海軍機関にいたときの話とする説、舞鶴《まいづる》（京都府）に赴任中《ふにんちゅう》の話という2つの説があるが、町おこしのために作られた逸話《いつわ》という話もある。

ともかく料理長が作ったこの料理は栄養バランスがよく、日本人の味覚に合うと人気となった。「肉じゃが」という名前で家庭に広まるのは昭和《しょうわ》40年代のことだ。肉じゃがはかんたんにできるので、おうちの人と作ってみよう。

22

イースターのゆでたまご

方法→対処《たいしょ》?

わたしはダンボールの山の向こうから差しこむ朝日をながめた。

はぁ、ドタバタだったけどどうにか引《ひ》っ越《こ》しできたなぁ。パパが急に1週間の出《しゅっ》張《ちょう》に出ちゃったからたいへんだった〜！　昨晩《さくばん》はつかれきって何もできず、コンビニ弁当《べんとう》を食べた。ベッドが届《とど》いてなかったからキャンプ用の寝袋《ねぶくろ》で寝《ね》たけど。娘《むすめ》のミカサにとってはそれもおもしろかったみたい。

「ママ、おはよ。」

ミカサが目を覚まして、寝袋《ねぶくろ》ごとゴロゴロ転がってきた。

「おはよう。」

さて、パンとペットボトルの紅茶《こうちゃ》で朝ごはんにしよう。オーブンレンジだけは新品がきのう届《とど》いたんだ。トースター機能《きのう》のスイッチを押《お》して、食パンをほうりこむ。紅茶《こうちゃ》もカップに入れてレンジで温めよう。

ミカサは意外にさっさと起きて着替《きが》え、顔を洗《あら》ってる。ミカサは私立《しりつ》の小学校に電車で通ってるんだけど、これまでより通学時間が少し短くなってうれしいみたい。

「あっ、ママ……たいへん！」

イヤな予感がした。母親を9年もやってると、子どもの声の調子にはびんかんになる。ミカサは気まずそうな顔でプリントを持ってきた。

「あのね、今日、学校にゆでたまごを2つ持っていくことになってた！」

「プリントをもらったらすぐに見せなさいっていつも言ってるじゃない！」

「ごめんなさい。ランドセルの奥《おく》に入れっぱなしになってた。」

プリントによると、学校で今日「異文化体験《いぶんかたいけん》」の時間に「イースター」っていうキリスト教のおまつりをやるらしい。ゆでたまごをかわいくペイントして「イースター・エッグ」を作るんだって。ゆでたまごがないと活動に参加できないわけで……それはかわいそうすぎる。

わたしはすばやくコンビニに走った。ゆでたまごは売り切れだったから生たまごを買ってきたけど、かんじんの鍋《なべ》がない。鍋《なべ》とフライパンやヤカン、電気ポットなんかを入れたダンボールが見つからない！

大さわぎしてたら、ミカサが「あれ使ったら？」とオーブンレンジを指さした。

「ダメダメ、生たまごをレンジで温めると爆発《ばくはつ》しちゃうんだよ。」

そのとき、ふと思い出したことがあった。もしかすると、作れるかも……。

わたしはなんとか、ミカサにゆでたまごを持たせることができたんだ。

主人公はどうやってゆでたまごを作ったのだろうか。

解《かい》説《せつ》

主人公はオーブンレンジのトースター機能《きのう》を使ってゆでたまごを作ったのだ。天板に生たまごをのせ、10分焼く。たまごをひっくり返して、さらに5分。正確《せいかく》には「焼きたまご」だが、これでゆでたまごができあがる。オーブントースターの種類によってかかる時間は変わってくるが、計20分も焼けば十分だろう。ぜひ実験してみてほしい。白身がやや茶色っぽくなるが、ちょっと香ばしくてなかなかおいしい。

イースターとは、キリストが十字架《じゅうじか》にかけられた3日後に復活《ふっかつ》したことを祝う「復活祭《ふっかつさい》」。毎年日にちが異《こと》なるが、3月末~5月の間に行われる。イースターに欠かせないのがイースターエッグ。かわいくペイントしたゆでたまごをかくし、みんなで探《さが》し出す遊びがポピュラーだ。

23

進化するマヨネーズ

工夫→方法？

お使いに来たヨシカズくんは、お母さんが書いたメモを見ながらかごの中を確《たし》かめた。小学4年生になってから「買い忘《わす》れゼロ」記録を更新中《こうしんちゅう》なので、慎重《しんちょう》である。キュウリ、食パン、タマネギとジャガイモ。それから開店セールの目玉商品、特売品のシャインマスカット。

（よし、全部そろってる！）

ヨシカズくんは売り場を見渡《みわた》した。

ヨシカズくんのお父さんは食品メーカーに勤《つと》めている。彼《かれ》はお父さんが開発に関わっているマヨネーズが売り場に並《なら》んでいるのを見るのが好きなのだ。

ちょうどマヨネーズの棚《たな》に手をのばしている女の人がいたので、ヨシカズくんは心の中で話しかける。

（K《ケー》社のマヨネーズがいいよ！）

願ったとおり、女の人がK《ケー》社のマヨネーズを手に取ったのでヨシカズくんはにんまりした。女の人はマヨネーズをくるくる回して見ている。買い物をする人がよくする動作だ。賞味期限《しょうみきげん》を確《たし》かめているのである。

「へぇ、このマヨネーズ、ずいぶん賞味期限《しょうみきげん》が長いのね。」

女の人は小学生の娘《むすめ》に話しかけた。ヨシカズくんはその子の存在《そんざい》に気づいてハッとした。同じクラスのムライアサカさんだ。

「あれっ、ヨシカズくん？」

「こんにちは。アサカの同級生なのね。」

「あ、はい……こんにちは。」

ヨシカズくんは照れくさいので逃《に》げ出そうと思ったのだが、見つかってしまったからボソボソとあいさつする。

「そうだ、ヨシカズくんのお父さんってこのマヨネーズの会社で働いてるんだよ。」

アサカさんがお母さんにこう言ったので――ヨシカズくんはK《ケー》社の宣伝《せんでん》マンとして知識《ちしき》を披露《ひろう》することになったのだ。

ヨシカズくんはアサカさんのお母さんに向かって言った。

「このマヨネーズ、前は賞味期限《しょうみきげん》が10か月だったのが12か月にのびたんですよ。」

マヨネーズの主な材料はたまご、酢《す》と油だ。1925（大正《たいしょう》14）年にK《ケー》社が日本で初めて販売《はんばい》したマヨネーズはビンづめだった。

ポリボトル容器《ようき》が登場したのは1958（昭和《しょうわ》33）年のこと。

スプーンを使わずスルスルしぼり出せる使いやすさからマヨネーズ人気は一気に高まり、日本の食卓《しょくたく》に広まった。

しかし、一つ問題があった。ビンのときは賞味期限《しょうみきげん》が12か月だったが、ポリボトルでは7か月になってしまったのだ。

ポリボトルは酸素《さんそ》を通す。金属《きんぞく》が酸化《さんか》するとサビが発生するように、食べ物が酸《さん》化《か》するとじょじょに品質《ひんしつ》が下がっていく。

「でも、やっぱりポリボトルの方が人気があったから、賞味期限《しょうみきげん》を長くできるようにたくさん工夫をしたそうなんです。」

ヨシカズくんは、お父さんに聞いたことを思い出しながら話した。

ポリボトル容器《ようき》の研究に取り組み、酸素《さんそ》を通しにくい構造《こうぞう》を開発したこと。容器《ようき》の口にアルミシールを使って酸素《さんそ》が入りにくくしたこと。

そして、製造中《せいぞうちゅう》も原料の中に酸素《さんそ》が入りにくいようにして——ついにポリボトルでも「賞味期限《しょうみきげん》12か月」を実現《じつげん》したこと。

アサカさんのお母さんは感心して聞いていた。

「すごい努力があったんだね。賞味期限《しょうみきげん》が長くなれば食品ロスも減《へ》らせるね。買い置きしてた食品が期限《きげん》切れになっちゃって捨《す》てたことがあるから。もちろん自分が気をつけなきゃダメなんだけど。」

食品ロスとは、まだ食べられる食品が廃棄処分《はいきしょぶん》されること。

賞味期限《しょうみきげん》が長くなれば、売り場や家庭で保管《ほかん》できる期間が長くなる。廃棄処分《はいきしょぶん》を減《へ》らすことにつながるわけだ。

アサカさんはマヨネーズの棚《たな》をながめて言った。

「外から見たら変わらないのに、このポリボトルにそんな工夫があったんだね。あ、食品ロスっていえば、開封《かいふう》したあとに使い切るのも重要だよね。だから、大きいボトルや小さいボトルがあるんだね。」

ヨシカズくんは大きくうなずいた。それから、ちょっと自慢《じまん》げな顔になる。

「そう、もう一つポリボトルのすごい工夫があるんだ。今、きみが言った『使い切る』ことに関係があるんだけどね。」

ポリボトル容器《ようき》のマヨネーズを「使い切る」ためになされた工夫とはなんだろうか。逆《ぎゃく》に「使い切りにくい」場合の問題点を考えて、想像《そうぞう》してみよう。

解説《かいせつ》

これは食品メーカー、キユーピー株式会社《かぶしきがいしゃ》をモデルとした話。「マヨネーズがボトルの内側についてなかなか落ちてこない」「使い切れずもったいない」という声に対し、キユーピーは容器《ようき》メーカーと共同で新容器《ようき》「スルッとボトル」を開発した。「スルッとボトル」はポリボトルの内側に植物油でうすい膜《まく》をつくり、中身がすべり落ちやすくなっている。2018年、油分の少ない「キユーピーハーフ」に採用《さいよう》されて話題となった。

賞味期限《しょうみきげん》はあくまで開封前《かいふうまえ》のもの。開封後《かいふうご》は冷蔵庫《れいぞうこ》で保存《ほぞん》し、1か月程度《ていど》で食べ切る。残さずに食べ切れる量のボトルを選んで買うことも大切なポイントだ。

24

ホカホカの駅《えき》弁《べん》

危《き》険《けん》↓なぜ？

新幹線《しんかんせん》が新神戸駅からスーッと動き出すと同時に、カンダはいそいそとお弁当《べんとう》の箱を取り出した。

「イワサキさん、もういいでしょ？　食べましょうよ！」

「よし、食べよう！」

カンダと、2歳《さい》年上のイワサキは東京出張《しゅっちょう》に向かうところ。新入社員のカンダにとっては初めての出張《しゅっちょう》だ。

彼《かれ》は、車中でお弁当《べんとう》を食べるのをむじゃきに楽しみにしていた。本当は着席してすぐに食べたかったが、イワサキの「お弁当《べんとう》は新幹線《しんかんせん》が発車してから」という謎《なぞ》のこだわりに従《したが》ってガマンしていたのだ。

2人が買ったのは「加熱式容器《ようき》」に入ったすき焼き弁当《べんとう》だ。

「弁当箱《べんとうばこ》がかたむかないように、ここに置いて。」

イワサキの指示《しじ》通り、カンダはテーブルに弁当《べんとう》を置く。

「フタを軽くおさえて、このヒモを引《ひ》っ張《ぱ》るんだ。」

2人は容器《ようき》の側面から出ているヒモを引いた。

「弁当《べんとう》の下の発熱ユニットには、生石灰《せいせっかい》と水が入ってるんだ。ヒモを引くと水が入ってる袋《ふくろ》が破《やぶ》れて、生石灰《せいせっかい》と水が混《ま》ざる。すると化学変化が起こって熱と蒸気《じょうき》が発生して弁当《べんとう》を温めるってしかけだ。」

「ホントだ。蒸気《じょうき》が出てきた。おもしれ〜！」

「8分くらい待つんだぞ。」

「なんだ、それなら発車する前にヒモ引いたってよかったじゃないですか！」

「悪かったな、オレのロマンにつきあわせて。」

イワサキが苦笑すると、カンダは突然《とつぜん》ハッとした。

「あ、そういえば。この中、生たまごが入ってるはずですよね。たまごを出さなくてよかったんですか?」

「だいじょうぶ。たまごは断熱材《だんねつざい》でくるんであるから温まらない。」

「へぇ〜、何から何までうまくできてるんですね。」

カンダはさらに感心して、蒸気《じょうき》を上げる容《よう》器《き》をながめた。

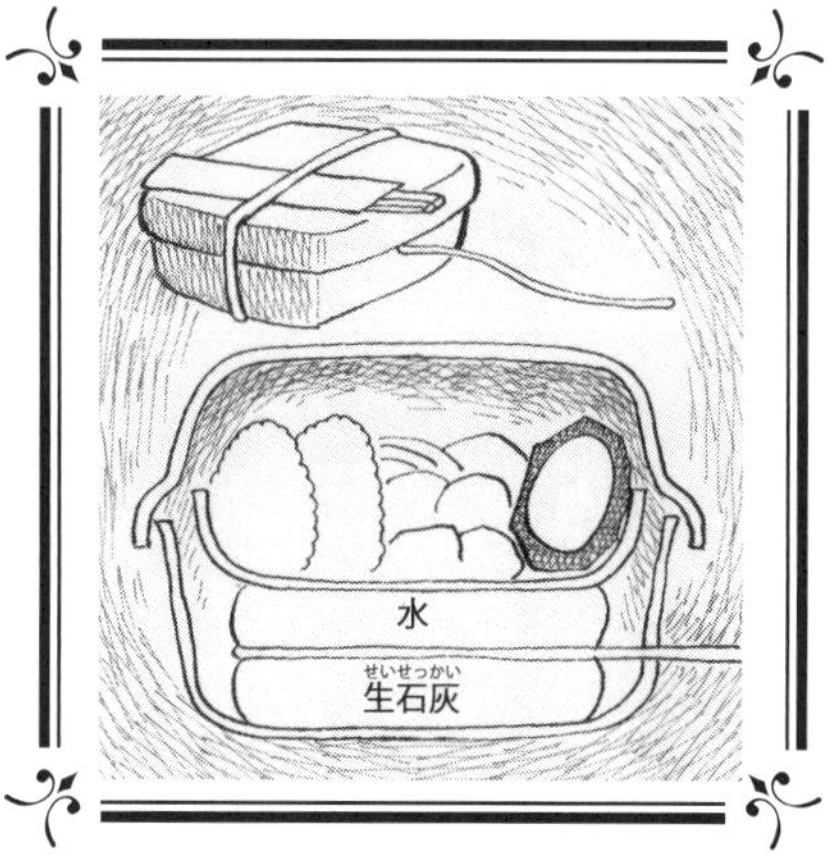

「完成するまでにはだいぶ苦労があったそうだよ。初期には、熱くなりすぎてテーブルが変形して怒《おこ》られたこともあったんだって。それで、蒸気《じょうき》を外に排出《はいしゅつ》する煙突《えんとつ》を作ったわけだ。」
イワサキはうれしそうにウンチクを披露《ひろう》してみせた。

ちなみに、駅弁《えきべん》はお客さんが買ってすぐに食べるとはかぎらないので、衛生面《えいせいめん》もしっかり配慮《はいりょ》されている。作ったあと急速に冷やして、細菌《さいきん》が増殖《ぞうしょく》しないようにしているのだ。

駅弁《えきべん》は冷たくてもおいしく食べられるように工夫されてきた。

たとえばオムライスやチャーハンの駅弁《えきべん》。温めないとおいしくなさそうに思えるが、冷たいままで大満足の味だ。

それでも、「温かいお弁当《べんとう》が食べたい」というニーズに応《こた》えて、この加熱式容器《ようき》が考案されたのは昭和《しょうわ》時代の終わりごろである。

「あと3分か……。」

カンダは手持ちぶさたになって、なんとなくポケットに手をつっこんだ。

「いつでも温かくできるっていえば、これもそうですよね。」

カンダがポケットから取り出したのは使い捨《す》てカイロだ。

使い捨《す》てカイロは、鉄が酸化《さんか》するときに「酸化熱《さんかねつ》」を出す原理を利用している。

鉄の粉《こな》を入れた袋《ふくろ》を密封《みっぷう》しておき、使うときに外袋《そとぶくろ》を破《やぶ》ると空気に触《ふ》れて熱が出る仕組みだ。

「へぇ、いいカンしてるな。じつはこの加熱式容器《ようき》が登場する前に、カイロの仕組みを使った加熱式弁当《べんとう》もあったそうなんだ。」

使い捨《す》てのカイロは1978（昭和《しょうわ》53）年に発売され、一躍《いちやく》人気を得《え》た。それで、すぐにこれを応用《おうよう》することを思いついた人がいたのだ。

「カイロ式のもお弁当《べんとう》を温めるには十分だった。売れ行きはよかったけど、総合的《そうごうてき》にみると安全ではないということになって廃止《はいし》されたんだよ。それで、今の加熱方法が考え出されたんだね。」

?

使い捨《す》てカイロの仕組みを使った加熱式駅弁《えきべん》の欠点とは何だろうか。

解《かい》説《せつ》

使い捨《す》てカイロはかなり長く熱が持続する。つまり、一度温めたらずっと温め続けられることになる。買った人がすぐに食べるなら問題ない。だが、もしかすると加熱後に放置し、だいぶ時間がたってから食べようとする人がいるかもしれない。つまり、お弁当《べんとう》のなかみがいたんでしまう危険《きけん》があり、消費期限《しょうひきげん》を短く設定《せってい》しなければならないのがデメリットだった。

現在《げんざい》の加熱式容器《ようき》が登場したのは1987（昭和《しょうわ》62）年。最初に作ったのは兵庫県の淡路屋《あわじや》。つぼ型《がた》の陶器《とうき》にたこ飯を詰《つ》めた「ひっぱりだこ飯」が有名で、100年以上駅弁《えきべん》を作り続けている会社だ。蒸気《じょうき》で温める仕組みを考案したのは、化学メーカーにアイディアを持ちこんだ発明好きの一般《いっぱん》の人だという。

現在《げんざい》、ヒモを引くだけで蒸気《じょうき》加熱できるお弁当《べんとう》は、駅弁《えきべん》以外にもさまざまなシーンで愛されている。

25

よみがえるさぬきうどん

危機《きき》→逆転《ぎゃくてん》？

とある、さぬきうどん専門店《せんもんてん》にて。

モリオカ氏は運ばれてきたうどんをじっとながめていた。目の前にあるのは、さぬきうどんの定番である「かけうどん」。あっさりとした白だしをかけただけのシンプルなうどんに、小ねぎ、天かす、おろしショウガなどの薬味をかけていただく。

太くツヤツヤしたうどんは、いかにも食欲《しょくよく》をそそる。

（うん、うまい。）

何度食べてもあきないおいしさである。

さぬきうどんの特徴《とくちょう》は、コシの強さだ。

（もちもちとした弾力《だんりょく》がありつつ、しっかりしたかみごたえ。それでいてのどごしはなめらか。さすがは、数あるさぬきうどんチェーンのなかでも人気を誇《ほこ》っただけのことはある。）

しかし――今、このM《エム》社のうどん店は倒産《とうさん》の危機《きき》におちいっていた。

1号店をオープンしてから20年足らずで店舗数《てんぽすう》は全国に800店以上に増《ふ》え、海外にも進出している。それなのに、急に客足が遠のきはじめたのだ。

決して味が落ちたわけではない。

弱りきったM《エム》社は、モリオカ氏という優秀《ゆうしゅう》なマーケター（市場を調査《ちょうさ》したり販売戦略《はんばいせんりゃく》を立てる仕事）に助けを求めたのである。

「理由がまったくわからない。なんとかわが社を救《すく》う手立てを考えてほしい！」

香川県発祥《はっしょう》のさぬきうどんは2000年ごろから全国的な人気を集めており、ライバル店は多い。しかし、M《エム》社は店舗数《てんぽすう》が増《ふ》えても、品質《ひんしつ》を落とすことなく創業《そうぎょう》からの誠実《せいじつ》な態度《たいど》をつらぬいていた。

なんとM《エム》社では、すべての店でうどんを粉《こな》から手打ちしているのである。それでいて、決して値段《ねだん》は高くない。ふつうなら、これだけの店舗数《てんぽすう》があれば独自《どくじ》の工場を建ててうどんを作るだろう。そのほうがはるかに効率《こうりつ》がいい。

しかし、M《エム》社ではがんとして「打ち立ての新鮮《しんせん》な味」を提供《ていきょう》することにこだわっていたのである。

これがM《エム》社の一番の売りであることはまちがいない。

なのにモリオカ氏が市場を調べた結果、「すべての店舗《てんぽ》で手打ちしていること」は半分くらいの客にしか知られていないことが判明《はんめい》したのである。

(この魅力《みりょく》を今一度ちゃんとアピールすることが一番の早道だ。)

モリオカ氏はそう確信《かくしん》していた。

(しかし、どんな言葉を使えば伝わるのだろうか。)

ただ、「すべての店で手打ちしています」というだけで、人の心にうったえるだろうか?

宣伝《せんでん》をするには、当然どんな食べ物だって「おいしい理由」をアピールする。例外的に青汁《あおじる》のCM《シーエム》で「まずい、もう一杯《いっぱい》!」というセリフで大ヒットしたものがあるけれど――これは「栄養はあるが、味はまずい」という本音が興味《きょうみ》を引いたおもしろい例である。

ともかく、ハッとさせるようなキャッチコピーが必要だ。

打ち立てのうどんは、何がすごいのか。

すごさをリアルに体感させるような言葉で表現《ひょうげん》しなければならない。

モリオカ氏は、それを見つけようと必死になっていた。

うどんのおいしさのもとは、小麦粉《こむぎこ》に水を加えてこねるとできるグルテンという成分である。こねるうちに、小麦粉《こむぎこ》にふくまれるタンパク質《しつ》の中で、弾性《だんせい》のあるグルテニンと粘性《ねんせい》のあるグリアジンが結びついてグルテンができる。

生地《きじ》をこねては休ませ、さらにこねて――この作業をくり返して、うどんのコシができていく。

最初はやわらかかった生地《きじ》が、だんだん押《お》し返してくるようになる。やみくもに強くこねるだけでもダメ。

（まさに、職人《しょくにん》がおいしくなるように育てているんだな……。）

モリオカ氏は、おもむろにペンを取った。

「ここのうどんは、……。」

キャッチコピーが発表されると業績《ぎょうせき》は急速に回復《かいふく》した。

彼《かれ》が考えたキャッチコピーはみごとにM《エム》社を救《すく》ったのである。

モリオカ氏が考えたキャッチコピーは、

「ここのうどんは、○○○○○」。

なんという言葉が入るか考えてみてほしい。

解《かい》説《せつ》

答えは「ここのうどんは、生きている」。その場で手打ちされたうどんならではの新鮮《しんせん》さを言い表したもの。生鮮《せいせん》食品にはよく使われる「新鮮《しんせん》さ」や「生きのよさ」のようなプラスイメージを、うどんに使った意外性《いがいせい》が鮮烈《せんれつ》で、説得力《せっとくりょく》もある。当たった人はコピーライターの才能《さいのう》十分だ！

この話のモデルは丸亀製麺《まるがめせいめん》。キャッチコピーを考えたのはマーケターの森岡毅《もりおかつよし》さんである。森岡《もりおか》さんはＵＳＪ《ユーエスジェー》（ユニバーサル・スタジオ・ジャパン）の業績《ぎょうせき》を回復《かいふく》させたことでも有名。市場調査《ちょうさ》から消費者《しょうひしゃ》の心理を分析《ぶんせき》して戦略《せんりゃく》を立て、経営危機《けいえいきき》におちいった数々《かずかず》の企業《きぎょう》を救《すく》っている。

26

アパートの爆《ばく》発《はつ》事《じ》件《けん》

理由↓なぜ？

信号が変わるのを待っていた警察官《けいさつかん》のタザキさんは、自転車を後ろに下げてさるすべりの木かげに入った。この近年の暑さはとてもきびしい。夕方になっても西日がようしゃなく照りつけてくる。

「おまわりさん、すみません！」

タザキさんに声をかけたのは30代くらいの女の人だ。

「ちょっとこわいことがあって……うちまで来てもらえませんか？」

「もちろんいいですよ。ちょうど見回り中ですから。」

女の人はホッとした表情《ひょうじょう》になった。彼女《かのじょ》はイチカワさんといって、近くのアパートで一人暮《ひとりぐ》らしをしているそうだ。

「仕事が終わってから買い物をして帰ったんです。」

イチカワさんは肩《かた》にトートバッグをかけ、さらに両手に買い物袋《ぶくろ》をさげている。

「ドアの前でカギを探《さが》してたら、家の中で爆発《ばくはつ》するみたいな音がしたんです。」

「爆発《ばくはつ》するような音、ですか……。」

2人はアパートの入り口に着いた。

「わたしの部屋は1階の一番奥《おく》です。不審者《ふしんしゃ》が部屋に入ってるんじゃないかと……。カギが見つからなくてよかったかも。」

イチカワさんは地面に買い物袋《ぶくろ》を下ろし、ハンカチで汗《あせ》をふく。

「爆発《ばくはつ》するような音というのは外ではなく、部屋の中でしていたんですよね？」

タザキさんがたずねると、イチカワさんは確信《かくしん》に満ちた目でうなずく。

「それはまちがいないです。玄関《げんかん》を入るとすぐ右手が台所で。そっちの方向から聞こえました。わたし、銃《じゅう》の音って聞いたことないですけど、発砲音《はっぽうおん》の可能性《かのうせい》もあるかも？　どろぼうが2人いて、仲間割《わ》れして発砲《はっぽう》したとか？」

そのとき、足もとの買い物袋《ぶくろ》が倒《たお》れ、中に入っていたものが地面に散らばった。乾麺《かんめん》、レトルトパックのカレーなど、一人暮《ひとりぐ》らしにしてはかなりの量だ。タザキさんの視線《しせん》を感じて、イチカワさんはちょっと照れた顔になる。

「安売りのとき多めに買い置きすることにしてるんです。災害《さいがい》とか、何があるかわかりませんからね。」

タザキさんはにっこり笑った。

「いい心がけだと思います。念のため、応援《おうえん》の警察官《けいさつかん》を呼《よ》ぶことにしますが――もしかすると爆発《ばくはつ》の原因《げんいん》がわかったかもしれません。わたしの推測《すいそく》通りだったらいいんですけどね。」

?

部屋に入ってみるとどろぼうなどはおらず、人が入った形跡《けいせき》もなかった。爆発音《ばくはつおん》の正体はなんだろうか。イチカワさんがたくさん買い置きをするタイプであることがヒントだ。

解《かい》説《せつ》

爆発《ばくはつ》したのは台所の棚《たな》の奥《おく》にあったモモの缶詰《かんづめ》だ。棚《たな》の中で缶《かん》が破裂《はれつ》し、中身は飛び散っていた。缶詰《かんづめ》は長期間保存《ほぞん》できる便利な食品だが、もちろん賞味期限《しょうみきげん》はある。一般《いっぱん》的には製造《せいぞう》後2～3年。期限《きげん》を超《こ》えたらすぐに食べられなくなるわけではないがじょじょに品質《ひんしつ》が落ちていく。あまり長く放置すると、缶《かん》がふくらんでくることがある。これは内部で細菌《さいきん》が繁殖《はんしょく》してガスが発生している証拠《しょうこ》。フルーツ缶《かん》の場合は、缶《かん》の内側の金属《きんぞく》とシロップの酸《さん》が反応《はんのう》して水素《すいそ》が発生することがある。缶《かん》が膨張《ぼうちょう》しきって破裂《はれつ》するケースがSNS《エスエヌエス》で話題になっていたので、タザキさんはピンと来たようだ。もし、ふくらんだ缶詰《かんづめ》を見つけたら、たっぷりの水の中にしずめてキリで小さな穴《あな》を開け、十分にガスを水中に逃《に》がしてから処理《しょり》すること。

イチカワさんのモモ缶《かん》は棚《たな》の奥《おく》に8年間ほど放置されていた。買い置きするのはいいが、新しく買ったものを奥《おく》にしまい、古いものから消費《しょうひ》する「ローリングストック」を実践《じっせん》しよう。保管《ほかん》場所はできるだけ熱や湿気《しっけ》がこもらないところに。

27 天ぷらパーティー

理由→なぜ？

この間、大学の食堂《しょくどう》で「何の天ぷらが好きか」って話になってさ。オレのベスト3はエビ、ナス、サツマイモなんだけど。ハルキはイカ、キス、ピーマン。コージはレンコン、マイタケ、ゴーヤだって。みごとに割《わ》れた。

それで盛《も》り上がってるうちに、天ぷらを揚《あ》げまくるパーティーをしようって決まったんだよね。

で、さっそく土曜の夜、オレのアパートで天ぷらパーティー開催《かいさい》となった。天ぷらって意外とカンタンだ。衣は小麦粉《こむぎこ》とたまごと水をテキトーに混《ま》ぜりゃいいだけだし。持ち寄《よ》った具材をどんどん切って、どんどん衣につけてどんどん揚《あ》げまくる。

エビ、イカ、キス、タマネギ、ナス、ピーマン、ゴーヤ、レンコン、マイタケ、エリンギ、大葉、サツマイモ、カボチャ……。

これだけ大量に揚《あ》げてると、天かすも大量に出る。

で、オレはいいことに気がついたんだ。この天かすをとっておいて、あとで天かすおにぎりにしたら最高じゃんって。天かすにめんつゆをかけたやつと青のりをごはんに混《ま》ぜてにぎるの。うまそうだろ？


オレは金ざるに天かすを入れていった。天ぷらパーティーが終わるころには超山《ちょうやま》盛《も》りの天かすができていた。

とはいえ、今は油っぽいものはさすがに食べたくない。今夜は2人ともうちに泊《と》まるから、あしたの朝めしにしよう。オレは天かすの山にふきんをかぶせた。

満腹《まんぷく》になったオレたちはゴロゴロしたり、ゲームをやったりして日づけが変わる前に眠《ねむ》ってしまった。寝《ね》る前にお米を5合といで、炊飯器《すいはんき》のタイマーを入れるのは忘《わす》れなかったけどね。

愛読者カード

ご愛読ありがとうございます。今後の出版企画の参考にさせていただきますので、お手数ですが、皆様のご意見・ご感想をお聞かせください。

この本の書名

年齢・性別　(　　　)歳　男・女

この本のことを何でお知りになりましたか？
1. 書店で（書店名　　　）　2. 広告を見て（新聞・雑誌名　　　）
3. 書評・紹介記事を見て　4. 図書室・図書館で見て　5. その他(　　　)

この本をお求めになったきっかけは？（○印はいくつでも可）
1. 書名　2. 表紙　3. 著者のファン　4. 帯のコピー　5. その他（　　　）

お好きな本や作家を教えてください。

この本をお読みになった感想、著者へのメッセージなど、自由にお書きください。

ご感想を広告などで紹介してもよろしいですか？　（はい・匿名ならよい・いいえ）

ご協力ありがとうございました。

料金受取人払郵便

神田局承認

5066

差出有効期間
2026年8月31日
まで

(期間後は切手を
おはりください。)

郵便はがき

101-8791

917

東京都千代田区西神田3-2-1

あかね書房愛読者係行

ご住所	〒□□□-□□□□ 都道 府県		
TEL	(　　)	e-mail	
お名前	フリガナ		
お子さまのお名前	フリガナ		

ご記入いただいた個人情報は、目録や刊行物のご案内をお送りするために利用し、その他の目的には使用いたしません。また、個人情報を第三者に公開することは一切いたしません。

何時間かたって——オレはだれかにぶったたかれて目を開けたんだ。

「なんだよ、いってぇな……。」

そう言った瞬間《しゅんかん》、オレは耳と目を疑《うたが》った。台所の天井《てんじょう》の火災警報器《かさいけいほうき》から「ピー、ピー、火事です、火事です」という音声が流れ、何かが燃《も》えている。

炎《ほのお》を上げてるのは——天かすを入れといた金ざるだ！

「なに？　なんでなんで？」

「電気つけろ！」

「消火器ある？　どこだ？」

何がなんだかわからない！　だけど……それは確《たし》かに燃《も》えてたんだ！


金ざるに入れた天かすはなぜ燃《も》えたのだろうか。

解説《かいせつ》

天ぷらを調理するときに出る天かすは、取り扱《あつか》いに気をつけなければいけない。揚《あ》げた直後の熱い天かすを集めておくと、天かすの余熱《よねつ》で油の酸化《さんか》作用が進み、空気中の酸素《さんそ》と反応《はんのう》して自然発火することがあるのだ。袋《ふくろ》やゴミ箱に入れてフタをしたりすると、熱がこもって危険《きけん》な状態《じょうたい》になる。このような「天かす火災《かさい》」は飲食店や家庭などで多発している。

「天かす火災《かさい》」では、天かすの油が酸化《さんか》して熱がこもり、自然発火するまでに2～10時間ほどかかる。調理してしばらくは何も起こらないのがクセモノ。主人公たちのように、ぐっすり眠《ねむ》っているころに火災《かさい》が起こるケースが多いそうだ。

天かすの自然発火を防止《ぼうし》する方法は以下の通り。①天かすを保管《ほかん》する場合は平たく広げ、熱を発散させる。②大量の天かすを一か所に集めない。③捨《す》てる場合は十分に水をかけ、よく冷ましてから捨《す》てる。

28

謎《なぞ》の「江戸《えど》わずらい」

理由→なぜ？

ときは明治《めいじ》時代。

江戸幕府《えどばくふ》が倒《たお》れたのちに誕生《たんじょう》した明治政府《めいじせいふ》は、わが国を「近代国家」に生まれ変わらせるという目標をかかげた。

近代化が進んだ欧米《おうべい》の国々《くにぐに》と肩《かた》を並《なら》べられるよう、進んだ国に学びつつさまざまな改革《かいかく》が行われた。大きなキーワードとなったのは「富国強兵《ふこくきょうへい》」である。富国強兵《ふこくきょうへい》とは、経済《けいざい》を発展《はってん》させて国の財政《ざいせい》を豊《ゆた》かにし、充実《じゅうじつ》した軍隊をつくるという意味だ。

とにかく若《わか》い軍人をたくさん集めなければ始まらない――というわけで、若者《わかもの》たちがぞくぞくと徴兵《ちょうへい》された。これまでは、戦うのは「武士《ぶし》」の仕事だったが、明治《めいじ》維新《いしん》とともに「武士《ぶし》」という身分は廃止《はいし》されている。明治政府《めいじせいふ》は、身分にかかわらず一般《いっぱん》の人たちを指導《しどう》して軍隊をつくることにしたのだ。

これに際《さい》し、若者《わかもの》たちにとっては魅力的《みりょくてき》な条件《じょうけん》があった。

軍隊に入ると1日に6合の白米を食べられるのだ。米1合は、市販《しはん》のサイズのおにぎり3個《こ》分くらいにあたる。つまり1日におにぎり18個分《こぶん》！　しかも、当時「白米」はぜいたく品だったのである。

多くの人々《ひとびと》は、稲《いね》からもみがらを取っただけの茶色い玄米《げんまい》を食べていた。玄米《げんまい》を精米《せいまい》して、胚芽《はいが》やぬかをとりのぞいたものが白米だ。

「すげえ！　軍隊に入れば白いご飯が毎日腹《はら》いっぱい食べられるのか！」

食べるものに困《こま》り、自分から入隊を志願《しがん》した者も少なくなかったのである。

江戸《えど》時代のころから、白米のご飯は少しずつ広まり始めていたが、それでもまだ地方ではお金持ちの人のもの。明治《めいじ》時代になっても、多くの人は玄米《げんまい》に麦や雑《ざっ》穀《こく》、イモやそのほかの野菜などを混《ま》ぜてかさを増《ふ》やしたご飯を食べていたのだ。

「欧米人《おうべいじん》たちは、われわれ日本人より体が大きい。入隊した者たちには白米をしっかり食べさせて欧米諸国《おうべいしょこく》に負けない軍隊を組織《そしき》しなければな。」

海軍のミナガワ大佐は、鼻の穴《あな》をふくらませて力説した。

しかし、ほどなく海軍では奇妙《きみょう》な病気が流行しはじめた。

「タカキくん、病気の原因《げんいん》はまだわからないのか？」

いらいらした調子のミナガワ大佐の前で、軍医のタカキはうなだれた。

「申し訳《わけ》ありません。症状《しょうじょう》からみて『江戸《えど》わずらい』であることはまちがいないと思うのですが。」

その症状《しょうじょう》はというと、まず手足がむくんだり、しびれたりする。悪化すると全身がだるくなって起き上がれなくなり、命を落としてしまう者もあった。

この病気を「江戸《えど》わずらい」と呼《よ》ぶのは、以前、東京が江戸《えど》と呼《よ》ばれていたころにも江戸《えど》の町で大流行したことがあったからだ。地方からやって来た大名や武士《ぶし》が次々《つぎつぎ》にこの病に倒《たお》れたが、彼《かれ》らが療養《りょうよう》のために地元に帰ると自然に治ったという。

江戸《えど》特有の風土病と考えられたが、原因《げんいん》はわからずじまいだったのだ。

「この大事なときに困《こま》ったものだ。」

ミナガワ大佐はため息をついた。

「海軍だけでなく陸軍でも患者《かんじゃ》が出ているようで、一刻《いっこく》も早く解明《かいめい》しなければなりません。ドイツで医学を学んできたモリくんも江戸《えど》わずらいの病原菌《びょうげんきん》が何なのか一生けん命に研究に取り組んでおります。」

(病原菌《びょうげんきん》が見つかるのを待っているだけではどんどん患者《かんじゃ》が増《ふ》えるばかりだ。)

タカキは夕食の席についてもこのことを考え続けていた。

「おお、今日は牛鍋《ぎゅうなべ》か。」

「ええ、わたしはまだお肉になれませんけど。そうも言っていられないですから。」

タカキの妻《つま》は、よく煮《に》えた牛肉を小皿に取り分けた。牛鍋《ぎゅうなべ》はすき焼きのような料理。かつて日本では肉食は一般的《いっぱんてき》ではなかったが、明治《めいじ》時代に入るとこれまた「欧《おう》米《べい》に追いつけ!」という意識《いしき》から肉食が推奨《すいしょう》されるようになっていた。

このころの庶民《しょみん》の食事は、一汁一菜《いちじゅういっさい》（おみそ汁《しる》にちょっとした野菜のおかず一品）がふつうだったが、身分の高い人の間では洋食が広まりつつあった。

タカキはさっそく牛肉を口に運んだ。

（そういえば……わたしがイギリスで医学を学んでいたときには江戸《えど》わずらいのような症状《しょうじょう》の病気なんて聞いたことがなかったな。日本特有の病気なのか？　日本にしかない病原菌《びょうげんきん》？　そんなこと、あるのだろうか。）

タカキは牛肉をかみしめながら、ふと思いついたことがあった。

（漢方専門《せんもん》の医者が、食事の改善《かいぜん》で病気がよくなることがあると言っていたな。ということは、その逆《ぎゃく》もあり得《え》るのでは……？）

タカキはこのあと謎《なぞ》の病気「江戸《えど》わずらい」の予防策《よぼうさく》を発見した。いったい何が原因《げんいん》だったのだろうか。

解《かい》説《せつ》

「江戸《えど》わずらい」の正体は「脚気《かっけ》」。ビタミンB1《ビーワン》の欠乏《けつぼう》から起こる病気だ。原因《げんいん》は、白米の食べ過《す》ぎだった。米に多くふくまれる糖質《とうしつ》を体内で分解《ぶんかい》するにはビタミンB1《ビーワン》が使われるのだ。実在《じつざい》の海軍軍医・高木兼寛《たかきかねひろ》は長期間の船上訓練の際《さい》、2つの船を「白米中心の和食」と、「白米＋洋食のおかずを取り入れた食事」に分けて実験を行う。その結果、後者の船で脚気《かっけ》の患者《かんじゃ》が目に見えて減《へ》った。「ビタミンB《ビー》1《ワン》の欠乏《けつぼう》」という科学的な原因《げんいん》が証明《しょうめい》されるのはもっと後だが、高木は「肉食も取り入れたバランスのいい食事」で脚気《かっけ》は予防《よぼう》できるということを発見したのである。

ビタミンB1《ビーワン》は肉類、魚類、豆類、ナッツなどに多くふくまれる。インスタントラーメンばかり食べていると脚気《かっけ》になるおそれがあるので、栄養バランスには気をつけよう。ちらりと登場した「モリくん」とは、小説家で軍医でもあった森鷗外《おうがい》。エリートの彼《かれ》も病原菌説《びょうげんきんせつ》にこだわり、真相にたどりつけなかった。

29

兄弟のイチョウの木

理由→なぜ？


むかしむかしのこと。

あるところに右太郎《うたろう》と左太郎《さたろう》というとても仲の悪い兄弟がいた。

早くにこの世を去った親が土地を半分ずつ残してくれたので、いやいやながらとなりどうしに住んでいる。

2人はそろって、庭で菊《きく》の花を育てていた。これも親がのこしたものである。彼《かれ》らの親は花を育てる名人だったのだ。

「あいつよりみごとな花を咲《さ》かせてやる！」

そんなライバル心から2人は、ともに美しい花を育てていたのである。

2人の菊《きく》の花は評判《ひょうばん》となり、ついには殿様《とのさま》の家臣がたずねてくるまでになった。

右太郎《うたろう》、左太郎《さたろう》の菊《きく》を殿《との》のもとに持ち帰った家臣は、しばらくすると2人を訪《たず》ねてきた。後ろには、何かの木の苗《なえ》をのせた大八車がひかえている。

「右太郎《うたろう》、左太郎《さたろう》。殿《との》はおまえたちが献上《けんじょう》した菊《きく》にたいへんお喜《よろこ》びだ。これは、殿《との》からのお礼の品だ。」

2人はうやうやしく頭を下げた。

「はぁ、ありがたくぞんじます。」

「ところで、これは何の木ですか?」

「イチョウという木だ。扇《おうぎ》のような形の葉がついて、秋になるときれいな黄色になる。そして、ギンナンが実るのだ。」

「はて……ギンナンですと?」

「それは食べられるのですか?」

ギンナンを知らない2人に家臣は説明した。

「小さなまん丸の実がなって、熟《じゅく》すとボトボト地面に落ちる。おっと、それをそのまま食べるんじゃないぞ。ちなみに、この実はえらくくさい。そのくさい果肉をはがした中にかたいカラがある。カラを割《わ》った中にある実を焼いて食べるんだ。」

家臣はとうとうと述《の》べた。

「このギンナンはじつに栄養がある。食べると疲《つか》れが吹《ふ》きとぶんだ。各地の殿様《とのさま》は、城のまわりによく兵糧《ひょうろう》としてカキやウメの木を植えるが、最近はイチョウを植えるのがはやっているのだぞ。」

殿様《とのさま》が城のまわりに植える木と聞いて、右太郎《うたろう》と左太郎《さたろう》は目を輝《かがや》かせた。

1本ずつ苗木《なえぎ》を与《あた》えられ、2人はそれぞれの庭にイチョウを植えたのである。木が大人になって実をつけるようになるには数年かかるという。2人はその日を楽しみに、大事に育てた。

「おお、こりゃあホントにくさい、くさい実だなぁ！」

兄の右太郎《うたろう》は庭にしゃがみこんで、うれしそうにそのくさい実を拾い集めていた。

弟の左太郎《さたろう》は、生け垣《がき》のすき間からそれをにくらしそうにながめている。

（なんで右太郎《うたろう》の木にだけ実がついて、オレの木には実がならないんだ！）

左太郎《さたろう》はいまいましそうに木をけっとばした。

（病気の木をつかまされたんじゃないか？）

だが、まさか殿様《とのさま》に文句《もんく》を言うわけにもいかない。それに、小さな花が咲《さ》いているのは確認《かくにん》ずみだ。花が咲《さ》いたあとには実がなるはずである。

すると、右太郎《うたろう》の大声が聞こえてきた。

「これでだれの目にもはっきりわかるだろうよ。栽培《さいばい》の腕《うで》はどっちが上かってことがな！」

これを聞いて、左太郎《さたろう》は怒《いか》り心頭に発した。

兄より自分がおとっていると思われるのはガマンがならない。

その晩《ばん》、左太郎《さたろう》はイチョウを切り倒《たお》し、焼いてしまった。

炎《ほのお》を見ながら、左太郎《さたろう》は強く念じた。

（右太郎《うたろう》の木も実がつかなくなりますように……！）

左太郎《さたろう》はこれから毎年、秋に右太郎《うたろう》の自慢《じまん》を聞かされると思うとゆううつだった。

（そのうち遠くに引《ひ》っ越《こ》してしまおう。前からあんなヤツのとなりで暮《く》らすのは不愉快《ゆかい》だったんだ。）

しかし、結局、左太郎《さたろう》はこの土地に住み続けた。

次の年——右太郎《うたろう》の木は一つも実をつけなかったのである。

なぜ右太郎《うたろう》の木にギンナンが実らなくなったのだろうか。

解説《かいせつ》

イチョウの木には「オス」と「メス」があり、ギンナンの実をつけるのはメスの木だけだ。オスの木の花粉《かふん》が飛んでメスの花と受粉《じゅふん》する。こうした植物を「雌雄異《しゆうい》株《しゅ》」という。オスの木がなくなったので、右太郎《うたろう》のメスの木は実をつけなくなったというわけ。イチョウは、オスの木とメスの木を見分けるのがむずかしい。花の形はちがうので、花を比較《ひかく》すれば見分けがつく。ギンナンが落ちて周囲《しゅうい》がくさくならないよう、街路樹《がいろじゅ》にはオスだけを選ぶことが多い。

ギンナンの食べる部分は、正しくは「実」ではない。実の中のかたいカラは「タネ」で、さらにその中の「胚乳《はいにゅう》」を食べているのだ。炒《い》って塩をつけて食べたり、炊《た》きこみご飯、茶わん蒸《む》しに入れるのがオススメだ。ちなみにギンナンは一度に食べすぎると中毒症状《ちゅうどくしょうじょう》を起こす危険《きけん》がある。大人は10個《こ》までが目安。5歳《さい》以下の子どもは、ほんの少量でも中毒《ちゅうどく》を起こすケースがあるので食べさせない方がいい。また、ギンナンの果肉は素手《すで》でさわるとかぶれるので要注意だ。

30 フランス王のイモ畑

理由→なぜ？

ときは18世紀終盤《せいきしゅうばん》、フランスにて。

学者のパルマンティエ男爵《だんしゃく》は、国王ルイ16世の前に進み出ると布袋《ぬのぶくろ》に手を入れた。

「王様。国を救《すく》う作物はこれしかありません！」

ルイ16世は、パルマンティエが差し出した石ころのような球根のようなものをしげしげとながめた。

「なんだね、これは？」

「ジャガイモでございます。」

ルイ16世はピンとこないようだが、横にいた王妃《おうひ》マリー・アントワネットがハッとした顔になる。

「ジャガイモってコロッケの材料よね。わたくし、コロッケは大好きですわ。」

「王妃《おうひ》さま、その通りです。わたしは飢饉対策《ききんたいさく》としてジャガイモの栽培《さいばい》を提案《ていあん》いたします。寒さに強いし栽培《さいばい》はかんたん、栄養豊富《ほうふ》と言うことなしなのです。」


このころ、フランスはたびたび凶作《きょうさく》に見舞《みま》われていた。パンを作る小麦をはじめ農作物が育たないために、多くの民衆《みんしゅう》が餓死《がし》していたのである。小麦に代わる代用食を確保《かくほ》することは大きな課題だった。

王室の「天候不順に強い作物はないか」との呼《よ》びかけに応《おう》じてやって来たパルマンティエは、自信満々《じしんまんまん》でジャガイモの魅力《みりょく》を語った。

「わたしがかつてフランス軍の兵士《へいし》だったとき、プロイセン（昔のドイツ）の捕虜《ほりょ》になったことがあります。そのとき毎日のようにジャガイモを食べさせられたんです。わが国ではジャガイモは家畜《かちく》のエサですが……食べてみたらじつはおいしかったんですよ。」

当時、フランスではジャガイモは見向きもされていなかった。王侯貴族《おうこうきぞく》のテーブルには「めずらしい作物を使った料理」としてコロッケやフライドポテトが出ることもあった。だが、まずしい暮《く》らしをしている庶民《しょみん》は油をぜいたくに使うことはできないし、おいしく食べる調理法を知らなかったのである。

ジャガイモがきらわれる理由はほかにもあった。

まず、「見た目がゴツゴツして気持ち悪い」という意見。

「食べると中毒《ちゅうどく》を起こす」ともいわれた。これは、まったくのまちがいではない。ジャガイモの芽や、光に当たって皮が緑色になった部分にはソラニンという有毒《ゆうどく》成分がふくまれる。その部分を取り除《のぞ》けば安全に食べられるのだが、当時の人にはそんな知識《ちしき》はない。

完全なぬれぎぬだが、「伝染病《でんせんびょう》の原因《げんいん》ではないか」ともうわさされていた。

というわけで、ジャガイモを広めるのはかなりむずかしいと思われた。

「まずはジャガイモのイメージをよくすることからやってみましょう。」

パルマンティエのアイディアにしたがって、マリー・アントワネットはジャガイモの白い花を髪《かみ》に飾《かざ》って舞踏会《ぶとうかい》に出席した。

なにしろマリー・アントワネットは社交界のファッションリーダーである。流行にびんかんな貴族《きぞく》のご婦人《ふじん》たちは「わたしもあのかわいい花がほしいわ」と言い、庭でジャガイモ栽培《さいばい》を始めた。

しかし、この作戦は一般庶民《いっぱんしょみん》には伝わらない。

「うーん、どうしたものか。」

パルマンティエは頭をかかえた。

パルマンティエは、広大なジャガイモ畑をながめながらルイ16世に言った。

「もうそろそろジャガイモが収穫《しゅうかく》できますよ。」

花の時期が過《す》ぎ、地上にしげる葉っぱが枯《か》れてくると収穫期《しゅうかくき》である。地面の下ではタネイモから実を結んだジャガイモが豊《ゆた》かに育っているはずだ。

「おお、そうか。楽しみだな。」

しかし、ルイ16世としては農民たちがジャガイモ栽培《さいばい》にまったく乗り気でないのが気がかりだった。

「収穫《しゅうかく》できたら、庶民《しょみん》に広める努力をしていかなければなりませんね。」

パルマンティエがため息まじりにこう言ったとき、ルイ16世はふとひらめいたのである。

「パルマンティエ、いいことを思いついたぞ。」

その日から、ジャガイモ畑の前には大きな看板《かんばん》が立てられた。

《このジャガイモ畑は王室専用《せんよう》である。ジャガイモを盗《ぬす》んだ者は厳罰《げんばつ》に処《しょ》す。》

ルイ16世はなぜこのような看板《かんばん》を立てたのだろうか。

解《かい》説《せつ》

これは実話をもとにした話。ルイ16世は看板《かんばん》の文句《もんく》で庶民《しょみん》の興味《きょうみ》を引こうと考えたのである。作戦は大当たり。農民たちはこの看板《かんばん》を見て「ジャガイモとはそんなにすばらしいものなのか」「王様が召《め》し上がっているくらいなら、自分も食べてみたいな」と思ったのだ。ルイ16世は、昼間にはジャガイモ畑にたくさんの警備員《けいびいん》を配置し、夜には人数を少なくした。農民が盗《ぬす》みに入りやすくするためである。茹《ゆ》でて食べるなどの料理法も広まり、ジャガイモはフランス人にとって身近な食べ物になった。

ジャガイモの原産地は南アメリカのアンデス高地。15世紀《せいき》末にスペイン人が南米から持ち帰ったことからヨーロッパ、インド、中国などにじょじょに広まっていく。日本には17世紀《せいき》初頭にインドネシアのジャカルタから入り、「ジャカルタのいも↓ジャガイモ」と呼《よ》ばれるように。現在《げんざい》生産されている男爵《だんしゃく》、メークインは明治《めいじ》時代にアメリカからもたらされた。

31

国を救《すく》ったパン職《しょく》人《にん》

理由→なぜ？

ときは1683年。オーストリアの首都、ウィーンにて。

ウィーンは、オスマン・トルコ（現在《げんざい》のトルコ）に攻《せ》めこまれ、大ピンチであった。ウィーンの城壁《じょうへき》が敵軍《てきぐん》に包囲《ほうい》され、緊迫《きんぱく》した日々《ひび》が続いた――そんなある夏の夜のこと。夜おそく、地下の工房《こうぼう》で作業をしていたパン職人《しょくにん》はあやしい物音に気づいたのである。

「岩を掘《ほ》ってるみたいな音がしないか？」

彼《かれ》らは顔を見合わせた。

「もしかして……オスマン・トルコ軍が地下トンネルを掘《ほ》ってるんじゃ？　地下か

ら攻《せ》めこもうとしているのかもしれない！」

パン職人《しょくにん》たちはあわてて軍部にこれを知らせた。

すると……なんと彼《かれ》らの想像通《そうぞうどお》りのことが起こっていたのだ。オーストリア軍は急いで近隣《きんりん》の親しい国に協力を求めた。たちまち応援《おうえん》がかけつけたおかげで、オスマン・トルコ軍の侵入《しんにゅう》を防《ふせ》ぐことができ、オーストリア軍は勝利したのである。


「わが国はトルコ軍を完全に撃退《げきたい》した！」

「勝った！　勝ったんだ！」

たくさんの人が街に出て、オーストリアの国旗を振《ふ》って喜《よろこ》んでいる——その光景を目にしたパン職人《しょくにん》たちも「やったな！」「本当によかった！」と何度も声をかけあった。今日からは何の心配もなく、みんな安心して暮《く》らせるのだ。

「そうだ！　勝利を記念してお祝いのパンを焼いてふるまおう！」

パン職人《しょくにん》たちは急いで工房《こうぼう》にかけこんだ。

「どんなパンがいいかな……。」

「トルコ軍に勝ったお祝いだから『トルコを食った』っていう意味を持たせるのはどうだろう？」

「それはいい！」

パン職人《しょくにん》たちは、焼き上がったパンを配って歩いた。「われわれはトルコを食った」「トルコなんてこわくないぞ」と言いながらねり歩く人たちの——その手には三日月の形のパンがにぎられていたのである。

なぜ三日月形のパンを食べると「トルコを食った」ことになるのだろうか。

解《かい》説《せつ》

これは本当にあったことを元にした話。三日月はトルコの国旗の重要なモチーフだ。現代《げんだい》のトルコの国旗は、大きな三日月＋小さい星。17世紀《せいき》のオスマン・トルコ時代は三日月が3つ描《えが》かれたデザインだった。だからパン職人《しょくにん》たちは三日月の形のパンを作ったのである。

三日月型《がた》のパンはオーストリアでは「キプフェル」と呼《よ》ばれる。生地はロールパンのような感じ。これがフランスに伝わり、サクサクのデニッシュのようなクロワッサンに発展《はってん》する。きっかけとなったのは、フランスの王妃《おうひ》マリー・アントワネットだ。彼女《かのじょ》は生まれ育ったオーストリアをはなれ、フランスにお嫁《よめ》入りするときにオーストリア人の料理人を連れていった。キプフェルがフランスの地でアレンジされ、現在《げんざい》のようなクロワッサンが生まれたという。「クロワッサン」はフランス語で「三日月」という意味である。

32

腹《はら》が減《へ》っては戦《いくさ》ができぬ

危機《きき》→逆転《ぎゃくてん》？

「日露《にちろ》戦争は何年から何年にかけて？」

ニノが社会の教科書を開きながら出題すると、カンナが答える。

「えーと、1904年から1905年？」

「正解《せいかい》。じゃ次の問題ね。日本とロシアは、どこの支配《しはい》をめぐって戦争をしたか。」

「朝鮮《ちょうせん》半島と満州。今の中国の東北地方だね。」

「はい、これも正解《せいかい》。じゃ、次は……。」

そこでカンナはニノの手から教科書を取り上げた。

「ねえ、休憩《きゅうけい》しよ。もう限界《げんかい》！　あたしおなかすいちゃった。ほら、『腹《はら》が減《へ》っては戦《いくさ》ができぬ』っていうしね。」

ちょうど放課後の教室を見回りに来たモロハシ先生は、カンナの言葉を聞いて苦笑した。

「そんなにおなかがすいてるならテスト勉強もはかどらないね。もう帰ったほうがいいよ。」

モロハシ先生が言うと、カンナはあたりをキョロキョロ見回す。

「もうね、なんでも食べちゃいそうだよ。机《つくえ》でも壁《かべ》でも。」

カンナがおどけて机《つくえ》にかみつくマネをすると、モロハシ先生はクスクス笑って言ったのだ。

「ホントにそういう戦国大名がいたんだよ。食べられるお城をつくっちゃった人が。」

「食べられるお城⁉」

「『ヘンゼルとグレーテル』に出てくるお菓子《かし》の家みたいな？　だれが作ったの？」

カンナとニノは目を丸くした。

「加藤清正《かとうきよまさ》だよ。お城をまるごと食べられるわけじゃないけどね。」

加藤清正《かとうきよまさ》は、戦《いくさ》に強い城をつくる達人と語り伝えられる戦国武将《ぶしょう》である。その集大成といわれる熊本城には、登れないようにそりかえった石垣《いしがき》など敵《てき》が侵入《しんにゅう》しにくい工夫がこらされている。

さらに清正《きよまさ》は、城内の備蓄《びちく》も重視《じゅうし》していた。

「兵糧攻《ひょうろうぜ》め」という言葉がある。兵糧《ひょうろう》とは、戦時のために用意する食糧《しょくりょう》のこと。お城のまわりを完全に包囲《ほうい》して外から食糧《しょくりょう》を供給《きょうきゅう》できないようにし、中の者たちが飢《う》えて倒《たお》れるのを待つ戦法だ。清正《きよまさ》は兵糧攻《ひょうろうぜ》めの対策《たいさく》として米をたっぷりたくわえたり、敷地内《しきちない》にたくさんの井戸を掘《ほ》るだけではあきたらず、さらなる工夫をしたのである。

「清正《きよまさ》はお城の壁《かべ》に、かんぴょうを塗《ぬ》りこめてたそうだ。それから、たたみにズイキを織《お》りこんだんだって。」

「ズイキってなに?」

「サトイモとかヤツガシラの葉柄《ようへい》(葉と茎《くき》をつなぐ部分)を干《ほ》して乾燥《かんそう》させたものだよ。『いもがら』とも呼《よ》ばれるね。」

「え〜、もっとおいしそうなものをかくせばいいのに。」

ニノがため息をついたので、先生は笑って言う。

「当時の技術《ぎじゅつ》で、腐《くさ》らずに長期保存《ほぞん》できるものってそんなになかったと思うよ。」

そこでカンナがハッとひらめく。

「だったら畑を作ればいいじゃん？」

「お、よく気がついたね。ただ、畑の作物だと長期戦には向かないから、よく実がなる木を植えたらしい。清正《きよまさ》は熊本城にイチョウを植えていたよ。」

「イチョウ？　ああ、ギンナンね！」

「そう。ギンナンには疲労回復《ひろうかいふく》にいいビタミンB1《ビーワン》がふくまれているしね。もちろん当時の人はそんなこと知らないけど、経験的《けいけんてき》に体にいいものを選んでいたんだろうね。長く城にこもってると栄養がかたよる。栄養のバランスが悪いと重い病気になることがあるからね。」

そこでモロハシ先生はニヤッとした。何か思い出したようである。

「きみたち、日露《にちろ》戦争のおさらいをしてたよね。勝利したのはどっち？」

「日本でしょ？」

「正解《せいかい》。まさに日露《にちろ》戦争のとき、ロシアのたくさんの兵士《へいし》がビタミンC《シー》の欠乏《けつぼう》が原因《げんいん》の病気で命を落としたんだ。いちじるしい戦力の低下が降伏《こうふく》の要因《よういん》になったといわれていてね。」

ニノがクルリと瞳《ひとみ》を動かした。

「食べ物はあったのにビタミンC《シー》不足だったってこと？」

「そうだ。ロシア軍が降伏《こうふく》したあと、籠城《ろうじょう》してた場所からは乾燥《かんそう》させた大豆がたくさん見つかっていてね。あとあと、日本の学者は『もし、そこにいたのが日本人だったら、ビタミンC《シー》不足にならなかったんじゃないか』と語ったんだ。」

?

乾燥《かんそう》大豆からビタミンC《シー》の豊富《ほうふ》な食品をつくることは可能《かのう》である。その食品とは何だろうか。

解説《かいせつ》

大豆を発芽させると、ビタミンC《シー》の豊富《ほうふ》なモヤシができる。日本人なら、これを思いついたのではないかという話。ちなみに、モヤシは漢字で書くと「萌《も》やし」。日本ではモヤシは平安《へいあん》時代には栽培《さいばい》されていたそう。1300年代に活躍《かつやく》した武《ぶ》将《しょう》・楠木正成《くすのきまさしげ》は籠城戦《ろうじょうせん》に際《さい》し、兵士《へいし》にモヤシを食べさせていたというエピソードもある。

モヤシは水さえあれば栽培《さいばい》でき、1週間〜10日ほどで収穫《しゅうかく》できる。使うのはスーパーで売っている乾燥《かんそう》大豆。小豆《あずき》や緑豆《りょくとう》などでもOK《オーケー》だ。ただしゆで大豆や煎《い》り大豆のように加熱した豆ではダメ。①容器《ようき》に豆と、豆の5倍以上の水を入れる。②豆に光が当たらないように新聞紙かアルミホイルで容器《ようき》をおおう。③半日すると水がにごるので、朝晩《あさばん》1日2回、水を入れて振《ふ》り洗《あら》いし、また新しい水を注ぐ。④発芽したモヤシが5センチくらいになったら収穫《しゅうかく》しよう。大豆およびモヤシはお腹《なか》をこわしやすいので生食は不可《ふか》。必ず加熱して食べること。

33

不思議研究会、魚が降《ふ》る町へ

理由→なぜ？

ここは中米のホンジュラス。

日本から見て、地球のほぼ裏側《うらがわ》ということになる。面積は日本の3分の1くらいと小さく、貧《まず》しい国らしい。

「不思議研究会、初の海外遠征《えんせい》だな！」

ヨウスケが、オレとケイゴにダブルピースをしてみせる。

そう、オレたち3人は宇宙人《うちゅうじん》、UFO《ユーエフオー》、幽霊《ゆうれい》、超能力《ちょうのうりょく》――その他なんでも不思議な現象《げんしょう》が大好物。中学生のときに不思議研究会を結成し、ほそぼそと活動を続けてきたんだ。

前々《まえまえ》から20歳《さい》になったら海外に行こうと話しあっててさ。たくさんの候補地《こうほち》の中からホンジュラスのヨロという小さな町を選んだのは、ここが「天から魚が降《ふ》る町」だからだ。

じつは空から魚が降《ふ》ってくる珍現象《ちんげんしょう》は、世界各地で報告《ほうこく》されている。「ファフロツキーズ現象《げんしょう》」っていう名前までついててさ。暴風《ぼうふう》や水上竜巻《たつまき》が海から魚を吸《す》い上げて、地上に降《ふ》らせると考えられている。こう説明されると「なーんだ」って感じだけどな。

オレたちがヨロを目指したのにはワケがある。ヨロでは、ほかの土地とちがってこの現象《げんしょう》が毎年のように起きるそうなんだ。年によっては年に数回見られるらしい。また、ヨロの町はだいぶ海から遠いので「竜巻《たつまき》が魚を運んで降《ふ》らせる」説に当てはまらないんじゃないか、という考察もある。

「ホントに魚が降《ふ》ってくるのかな。見られたらいいよなぁ。」

ヨウスケが空を見上げながらニコニコして言う。ヨロに魚が降《ふ》るシーズンは5月から7月なので、オレたちは当然そこをねらって来たわけ。

「でも、ヨロでは魚が降《ふ》ってくるところを見た人がいないんだよな。」

うん、それはケイゴの言う通りだ。だから「インチキじゃね?」とか言う人もいるんだけど、何百匹《ぴき》もの魚を地面にまき散らすなんてめんどうなことを何年にもわたってやる人はいないよ。

「ともかく家から一歩も出られないくらいの激《はげ》しい嵐《あらし》が起こり、それが過《す》ぎたあとに外に出ると大量の魚が散らばっている——これはヨロの真実なんだ。」

オレが言うと、ケイゴはニヤッとした。

「じゃあ嵐《あらし》になったらさ、オレたちは何がなんでも外にいて見てようぜ。」

「でも、ものすごい豪雨《ごうう》とか雷《かみなり》とか強風が起こるわけだろ? 外にいたら危《あぶ》ないから、見た人がいないいんじゃない?」

ヨウスケは眉《まゆ》をひそめる。

ここで、オレは自説を持ち出す。

「不思議研究会としてはもっと柔軟《じゅうなん》な想像《そうぞう》をするべきだね。これは『神の贈《おく》り物』

なんだ。たとえば――魚が降《ふ》ってくるんじゃなくて、地面に落ちた雨粒《あまつぶ》が魚になる『奇跡《きせき》』かもしれないだろう?」

ヨロの住民がこの現象《げんしょう》を「奇跡《きせき》」と呼《よ》んで受け止めているのには、土地の伝説が関係している。1800年代半ばくらいに、ホセというスペイン人の神父がこの地を訪《おとず》れたそうだ。ホセはヨロの人々《ひとびと》の貧《まず》しい暮《く》らしぶりを見て心を痛《いた》め、「彼《かれ》らに神の恵《めぐ》みがありますように」と祈《いの》りをささげた。そしたら、「空から魚が降《ふ》ってきた」っていう話だ。

「そうか。そういう解釈《かいしゃく》もできるよね。」

ヨウスケはなるほどという顔になる。

そのとき、男の人が通りかかったのでオレは「オラ!」と声をかけてみた。スペイン語で「こんにちは」という意味だ。

ホンジュラスではスペイン語が使われているから、この日のために勉強してきたんだ。彼《かれ》が「オラ!」と返してくれたから、オレはスペイン語で話しかけてみる。

「ぼくたちは『奇跡《きせき》の魚』を見るために日本から来ました。あなたは魚が降《ふ》る理由をどう考えていますか？」

彼《かれ》ははじけるような笑顔《えがお》になった。

「『奇跡《きせき》の魚』は神の恵《めぐ》みだよ。ヨロは『奇跡《きせき》の魚』のおかげで豊《ゆた》かになった。それはまちがいない。」

こう言うと彼《かれ》は親しげに握手《あくしゅ》を求め、オレたち一人ひとりに「ようこそ」と歓迎《かんげい》の気持ちを表したのである。

「なるほど。ともかく――『奇跡《きせき》の魚』がヨロを豊《ゆた》かにしたのは確《たし》かなんだな。」

男の背中《せなか》を見送りながら、ケイゴはなっとくしたようにつぶやいた。


?

「奇跡《きせき》の魚」は一度に数百匹《ぴき》「降《ふ》ってくる」そうだが、とても小ぶりだしそんなにしょっちゅう降《ふ》るわけではない。なぜ、ヨロは豊《ゆた》かになったのだろうか。

解《かい》説《せつ》

「奇跡《きせき》の魚」のおかげで世界中からたくさんの観光客が訪《おとず》れるようになったからだ。また、この話題に目をつけた中央アメリカのさる会社が「奇跡《きせき》の魚」を商品化することを思いついた。魚が降《ふ》ったあと、ヨロの人々《ひとびと》は魚を集めてすぐに冷凍《れいとう》する。それをきれいにパッケージし「Ｈｅａｖｅｎ《ヘブン》Ｆｉｓｈ《フィッシュ》（天の魚）」というブランド名で売り出したのだ。これは多くのレストランや食料品店で提供《ていきょう》され、住民たちの収入《しゅうにゅう》はかなりアップした。

奇跡《きせき》の魚には「空から降《ふ》ってくる」以外の説もある。豪雨《ごうう》のあと、鉄砲水《てっぽうみず》に運ばれたり、地下の水域《すいいき》があふれて地上に出たのではないかとする説だ。研究者によれば、その魚は目が退化《たいか》しており「地下の川、洞窟《どうくつ》のような場所にすむうちに退化《たいか》したのでは」と考えられている。なかなか説得力《せっとくりょく》があるが、これもまだ確証《かくしょう》はないそうだ。

34

伝《でん》統《とう》的《てき》なクリスマス料理

理由→なぜ？

ときは1800年代なかば、ニュージーランドにて。

イギリス人のジョゼフ・テイラー氏は紅茶《こうちゃ》をひと口飲んで、妻《つま》のクレアに話しかけた。

「こんなに暖《あたた》かいクリスマスなんて初めてだから、どうも調子がくるうね。」

クレアはほほえんで、あいづちを打った。最近、ジョゼフは毎日のようにこう言う。イギリスの12月は真冬だが、ニュージーランドでは盛夏《せいか》なのである。

テイラー夫妻《ふさい》がイギリスから、遠くはなれたニュージーランドに移住《いじゅう》してきたのは半年ほど前だ。このころ、ニュージーランドはイギリスの植民地となっていて、たくさんのイギリス人が移《うつ》り住んでいた。

ニュージーランドにイギリス人が上陸したのは1700年代の後半だ。

ここには先住民のマオリという人たちが暮《く》らしていたが、イギリス人たちはこの土地を手に入れたいと考えた。先住民に「土地がだれかの持ち物である」という考え方がなかったのをいいことに、イギリス人たちは彼《かれ》らをだますような形で広大な土地を買い上げる。

そして、イギリス人の手によって牧畜《ぼくちく》や農業が始まり、多くのイギリス人が移《い》住《じゅう》してきた。

テイラー夫妻《ふさい》がニュージーランドにやってきたのは、やはり移住者《いじゅうしゃ》で羊毛業についている親せきに誘《さそ》われたためである。

「この気候じゃクリスマス気分が盛《も》り上がりにくいが、ごちそうをたっぷり用意して豪勢《ごうせい》にやろうな。親せきもたくさん来るし。」

「ジョゼフ、そのことなんですけどね。」

クレアはちょっと言いにくそうに切り出した。

「ここではガチョウが手に入らないのよ。」

「なに？　ガチョウがない⁉　ガチョウの丸焼きなしでクリスマスをやるのか？」

ジョゼフは勢《いきお》いこんで立ち上がった。

ガチョウの丸焼きはイギリスの伝統《でんとう》料理で、クリスマスには欠かせない。ガチョウの中にタマネギやセロリなどの香味野菜、ハーブやナッツなどを詰《つ》めこむ。ソーセージやベーコンを入れる家もある。それからオーブンに入れ、つけあわせのジャガイモやニンジン、芽キャベツなどといっしょに焼き上げるのだ。

「ラム肉（子羊の肉）じゃダメなの？　あなた、ラムだって好きでしょ？」

クレアは夫の顔をのぞきこんだ。イギリスでは羊肉もポピュラーだ。

「でも……クリスマスにはガチョウの丸焼きがないと。」

ジョゼフは口をへの字に曲げていた。

「ガチョウはどうしても手に入らないのか？　ちょっと肉屋に行ってみるよ。」

ジョゼフはそう言って出かけていった。

しかし、肉屋にあるのは羊肉ばかりだった。

ジョゼフはため息をついた。

「あーあ。ガチョウの丸焼きがないなんて……なんとも見栄えのしないクリスマスの食卓《しょくたく》になりそうだ。」

肉屋の主人は、ジョゼフに明るく声をかけた。

「だんな。それなら子羊を丸焼きにするのはどうですか?」

(何の丸焼きでもいいってわけじゃないんだけどな。しかし……。)

ジョゼフは子羊の肉を見つめた。

しばらくして、ジョゼフの瞳《ひとみ》に明るい色がさした。
「その子羊をもらうことにするよ。」
そして、ジョゼフは――イギリス人の親せきたちとともに、申し分のないクリスマスを迎《むか》えたのである。

?

ジョゼフはイギリスの伝統《でんとう》料理「ガチョウの丸焼き」にこだわっていた。結局、子羊を買って帰ったのになぜ満足できたのだろうか。ヒントは子羊の絵を逆《さか》さにみること。

解《かい》説《せつ》

ジョゼフは子羊の脚《あし》の先をガチョウの頭に見立てることを思いついたのだ。子羊の脚《あし》を切りひらいて中に詰《つ》め物を入れ、できるだけガチョウに似《に》るように形を整えてひもでしばる。赤ワインを入れたマリネ液《えき》につけこんでから焼くと、照りが出てガチョウの丸焼きのように仕上がったのだ。ニュージーランドに移住《いじゅう》したイギリス人たちが考案したこの羊肉料理は「植民地風ガチョウの丸焼き」と呼《よ》ばれ、流行した。その後はニュージーランドの伝統《でんとう》料理となっている。

ニュージーランドには10世紀《せいき》後半からマオリという人たちが住んでいた。15世紀《せいき》以降《いこう》、新大陸を求めて旅するヨーロッパ人がたびたび渡来《とらい》していたが、1769年にイギリス人の探検家《たんけんか》、ジェームズ・クックが訪《おとず》れたことを機に、1840年にイギリスの植民地となった。ニュージーランドがイギリス連邦《れんぽう》の一国として独立《どくりつ》したのは1947年のことである。

35

とっておきのスイーツ

失敗↓なぜ？

ここはスペイン南東部のムルシア州。

窓《まど》の外はぬけるような青い空——日本でだって、こういう青空を見てるはずだけど、全然別世界に来たみたいな気持ちなのはなんでだろう？　解放感《かいほうかん》のせい？

大学生になったらスペインを訪《たず》ねるのはベロニカとの約束だった。ベロニカは、高校1年のとき、あたしのうちに半年間ホームステイしてたの。すっごく仲よくなれて。「絶対《ぜったい》、うちにも来て。なるべく長くね！」って言ってくれたんだ。

あたしはスマホをとり出した。さっきベロニカに連れてってもらったレストランで食べたものの写真を確認《かくにん》しておきたかったから。

アサリとエビとイカがたっぷりのったパエリア。

エビやホタテやキノコやパプリカのアヒージョ（オリーブ油とニンニクで具材を煮《に》こんだ料理）でしょ。

それから、冷たいガスパチョ（トマト、タマネギ、キュウリなどをミキサーにかけたスープ）も。

「生ハムが入ったクリームコロッケは初めて食べたなぁ。ベロニカ、これなんて名前だっけ？」

「クロケータス・デ・ハモンだね。」

あたしは急いでメモする。

「あ〜、スペインの食べ物ってなんでもおいしいね。」

「でしょ？　1週間の滞在中《たいざいちゅう》にエリにはできるだけいろんなもの食べてもらう！

あたしがエリの家にいたときにそうしてくれたみたいに。」

ベロニカはそう言ってウインクした。

あたしたちは2人とも食べるのが大好き。

「ベロニカは日本食もなんでも『おいしい』って食べたよね。」

「うん、特に和菓子《わがし》にはハマったよね。」

ベロニカはあんこのお菓子《かし》が気に入ったから、いろいろ用意したんだよね。

桜《さくら》もちを出したとき、ベロニカが葉っぱをはがそうとしたから「この葉っぱは食べられるんだよ」って言ったらすごく驚《おどろ》いてたっけ。

それから1か月くらいして、かしわもちの季節になってさ。

ベロニカはてっきりかしわもちの葉っぱも食べられるもんだと思って、半分くらい食べちゃったの。悪いけどあのときは笑っちゃった。


コンコンとノックの音がした。

「ベロニカ、入るよ。」

ドアが開いて顔を出したのはベロニカのおばあちゃんだ。

「ほら、揚《あ》げたてだよ。熱いうちにおあがり。」

「おばあちゃん、ありがと！」

おばあちゃんが持ってきてくれたお皿にのってるのは――なんだろこれ。

平べったくて天ぷらみたい。

でも、まぶしてあるのは砂糖《さとう》だよね？

すると、ベロニカがすぐに説明した。

「これはパパラホテスっていうの。レモンの葉っぱにドーナッツみたいな生地をつけて揚《あ》げてあるんだ。生地にはおろしたレモンの皮とシナモンが入ってる。」

へぇ。チラッと見えてる緑のものはレモンの葉っぱなんだね。

「そういえばスペインのお菓子《かし》ってチュロスくらいしか知らなかった。チュロスもドーナッツの仲間だよね。」

「パパラホテスは、チュロスみたいにかたくないけどね。パパラホテスはこの地域《ちいき》の伝統的《でんとうてき》なお菓子《かし》なんだよ。エリに食べさせたくて、おばあちゃんに頼《たの》んどいたの。」

あたしは急いで写真を撮《と》る。

「パパラホテスね、よし、覚えた。」

あたしたちはパパラホテスをつまんで口に運んだ。

レモンの香りがふわっとただよう。

「おいしい！」

２人同時に言って――それから、あたしは顔をしかめたんだ。


？

いったい何が起こったのだろうか。

解説《かいせつ》

パパラホテスは、レモンの葉は食べずにまわりの衣部分だけを食べるものなのだ。葉っぱに衣をつけて揚《あ》げることで、衣にレモンの葉の香りがうつる。身近にレモンの木があったら、葉を軽くこすってみよう。葉からもちゃんとレモンの香りがする。しかし、葉はかたい上に苦いので食べるのには向かない。

スペインの南東部に位置するムルシア州は地中海に面した都市。スペイン国内の6州で確認《かくにん》されている、世界遺産《いさん》の岩壁画《がんぺきが》（紀元前《きげんぜん》8000～2000年ごろに描《えが》かれたもの）が有名。ワインの産地としても知られている。

ベロニカがかしわもちの葉を、エリがレモンの葉を食べてしまった事件《じけん》は語り草になり——2人はこの後もたびたびこの話をして笑いあったのである。

36

誘《ゆう》拐《かい》犯《はん》たちの困《こん》惑《わく》

理由→なぜ？

ウワァァァ――――ン！

赤ちゃんが突然激《とつぜんはげ》しい泣き声を上げたので、ワンルームマンションの一室にいた3人の男たちは一様にビクッとした。

「おい、なんとかしろ。」

リーダーのサングラスの男はけわしい顔で、手下のイチタとヨッチをうながす。

「なんとかって……えーと、どうすれば？」

イチタはソファーに寝《ね》かせてある赤ちゃんに顔を近づけ「ベロベロバァー」とおどけてみせた。しかし、赤ちゃんは泣きやまない。リーダーは頭をかかえた。

3人の中では一番若《わか》い20代前半のヨッチがハッとした。

「もしかして、オムツが気持ち悪いんじゃないすかね？」

ヨッチはそろそろと手をのばし、オムツをはずしてみる。彼《かれ》の想像通《そうぞうどお》りオムツはおしっこを吸《す》いきれず、中はビショビショだった。

「オレ、ひとっぱしりオムツを買ってきますよ。」

リーダーは苦々《にがにが》しい顔でうなずいた。

「くれぐれも目立たないようにしろよ。」


ヨッチがオムツをかえると、赤ちゃんはすっかり機嫌《きげん》がよくなった。リーダーは大きなため息をつく。

「まったくなんで赤んぼうなんかさらってくるんだ。」

本来の計画では大富豪《だいふごう》であるサワグチ家の4歳《さい》の長男を誘拐《ゆうかい》するはずだった。ヨッチがベビーシッターを庭に誘《さそ》いだして時間かせぎをする間に、イチタが家にしのびこみ、長男を誘拐《ゆうかい》して逃《に》げる予定だったのに長男が見当たらない。そこでイチタはとっさにベビーベッドに寝《ね》ていた赤ちゃんをさらったのである。

「子どもならどっちでもいいかと思ったんですよ。」

「こいつは生後7か月だぞ。赤んぼうってのはあつかいがむずかしいんだ。この子に何かあったら困《こま》ったことになるぞ。」

リーダーはくちびるをかんだ。しかし、この計画を仕切っている〈ゴッドマザー〉はすでに身代金の要求をすませている。今さら後にはひけない。

（この際《さい》ゴッドマザーに怒《おこ》られようが、赤んぼうをさっさと返してしまいたい。）

リーダーがそんなことを考えていたとき、赤ちゃんの顔がクシャッとゆがみ、再《ふたた》び火がついたように泣き出した。

「おいおい、今度はなんだ。」

リーダーは耳をふさぎ、ヨッチはこわごわ赤ちゃんを抱《だ》きあげた。

「腹《はら》へったのか？　そういやぁ、さらってきたときたまごボーロをにぎりしめてたな。おやつのとちゅうだったのかも。」

イチタは台所をウロウロした。飲み物はコーラと缶《かん》コーヒーしかない。

「気がきかねぇな、ヨッチ。オムツ買いに行ったとき、なんか赤んぼうの食い物買ってくりゃよかったのに。牛乳《ぎゅうにゅう》とか。」

「牛乳《ぎゅうにゅう》？　赤ちゃんって牛乳《ぎゅうにゅう》とか飲まなくないすか？　よく粉《こな》ミルクとか聞くじゃないすか。なんで牛乳《ぎゅうにゅう》はダメなんすかね。カップめんならありますけど。」

イチタは、赤ちゃんの口をのぞいて言う。

「まだほとんど歯が生えてないぜ。やわらかいもんじゃないとダメだろ。それと赤んぼうの食べ物って味がうすいのがいいんじゃないか？」

「そっすね。『やさしい味』とかそういうヤツっすね？」

そう言ってからヨッチはハッとした。

「ちょうどいいのがありました。ほーら、赤ちゃん、いいかげん泣きやんでくれよな。オレのとっておきのおやつを分けてあげまちゅからね〜。」

ヨッチはリュックから「とってもおいしい無添加《むてんか》ハチミツたっぷり蒸《む》しパン」を取り出した。

そのときドアが開いた。戸口に立ったゴッドマザーは買い物袋《ぶくろ》をさげている。

「赤ちゃんはどうよ？　いりそうな物、買ってきたけど。」

「あ、ゴッドマザー、おつかれさまです！」

3人は荷物を受け取ろうとゴッドマザーにかけ寄《よ》った。

「今、これを食べさせようとしてたとこなんすよ。」

ヨッチの手の中の蒸《む》しパンを、ゴッドマザーは乱暴《らんぼう》に奪《うば》い取った。

「原材料は小麦、乳成分《にゅうせいぶん》、たまご、ハチミツ……ね。」

そして、ゴッドマザーは蒸《む》しパンを腹立《はらだ》たしげに床《ゆか》にたたきつけたのである。

「あたしが間に合ってよかったよ。誘拐犯《ゆうかいはん》の自覚はあるけど、誘拐殺人犯《ゆうかいさつじんはん》にはなりたくないからね。」


なぜゴッドマザーはヨッチの持っていたパンを床《ゆか》にたたきつけたのだろうか。

解説《かいせつ》

1歳《さい》未満の赤ちゃんにはハチミツを与《あた》えてはいけないから。1歳《さい》未満の乳児《にゅうじ》がハチミツを食べると「乳児《にゅうじ》ボツリヌス症《しょう》」にかかる可能性《かのうせい》があるのだ。ハチミツにはボツリヌス菌《きん》が存在《そんざい》することがある。1歳《さい》未満の赤ちゃんは腸内環境《ちょうないかんきょう》が整っていないため、ボツリヌス菌《きん》が体内に入ると増殖《ぞうしょく》して毒素《どくそ》を出す。1歳《さい》以上の健康な人の場合は、腸内細菌《ちょうないさいきん》がボツリヌス菌《きん》を増殖《ぞうしょく》させないので心配ない。

乳児《にゅうじ》ボツリヌス症《しょう》を発症《はっしょう》してもすぐに適切《てきせつ》な治療《ちりょう》を受ければ回復《かいふく》するが、死亡《しぼう》例《れい》もある。だいぶたってから発症《はっしょう》する例もあり、1歳《さい》未満の赤ちゃんがハチミツを食べてしまった場合、1か月くらいは注意が必要。ジュースやお菓子《かし》などに入っていることも多いので気をつけなければいけない。

この知識《ちしき》を持っていたゴッドマザーのおかげで、赤ちゃんはハチミツを口にする難《なん》を逃《のが》れた。4人は身代金を受け取らずに赤ちゃんを返そうとしたが、その途中《とちゅう》で警察《けいさつ》に見つかり逮捕《たいほ》された。赤ちゃんは無事、親元にもどったのである。

37

高価《こうか》な土鍋《どなべ》

理由→なぜ？

深夜1時。バイトから帰ったオレはできるだけ静かにドアを閉《し》めた。

同級生のサクヤとこのマンションで同居《どうきょ》を始めたのは半年前、大学2年の春からだ。サクヤの同居《どうきょ》相手だったいとこが就職《しゅうしょく》して引《ひ》っ越《こ》すことになったんで「いっしょに住まないか」ってさそわれたんだ。オレとしちゃ、前に住んでたとこより大学に近いし家賃《やちん》も安くなるから二つ返事でOK《オーケー》した。

この時間に帰るとサクヤはたいてい寝《ね》てるんだが——台所の電気をつけたらサクヤの部屋のドアが開いた。

「ミキト、お帰り。見てよ、土鍋《どなべ》買ったんだ！」

「は？　土鍋《どなべ》？」

サクヤが箱から取り出した土鍋《どなべ》はでかくてずっしり重そうだ。なるほど、これを見せたくて起きてたんだな。

「シブいだろ？　備前焼《びぜんやき》の土鍋《どなべ》でさ、2万円もしたんだ。」

「2万円⁉　たかが鍋《なべ》だろ？　2万円とか、わけわかんね～！」

オレのあきれ顔を見て、サクヤはニヤニヤする。

「たかが鍋《なべ》っていってもいいモノはいいぜ。このオシャレさ、わかんないかなぁ？」

「だいたい土鍋《どなべ》なんか買ってどうするんだ？」

「そりゃ鍋《なべ》パーティーをするんだよ。きのう、ヒメノちゃんと『寒くなってきたし鍋《なべ》やりたいね』って盛《も》り上がってさ。で、いっちょ見ばえするヤツを買ったわけ。」

あ～、そういうことか。ヒメノちゃんってのは、サクヤが片思《かたおも》いしてるバイト仲間の子だ。つまり……。

「ここで鍋《なべ》パーティーするんだよ。ミキトも参加しろよ。ヒメノちゃんと2人だと緊張《きんちょう》するし、女子ももう一人くらい誘《さそ》うつもりなんで。」

うん。まぁ、悪くはない。

しかし、最初にばかにした手前、急にうれしそうにするのも決まりが悪い。

「サクヤってカッコから入るよな。鍋《なべ》なんてそんなにしょっちゅうやらないだろ？もったいない。」

「土鍋《どなべ》で炊《た》いたご飯ってうまいんだって。だから、これからは飯もこれで炊《た》くつもりなんだ。ミキトも使っていいよ。」

「オレは炊飯器《すいはんき》で十分だよ。ふーん、これが2万円ねぇ。」

「ま、これ買ったおかげでしばらくは超《ちょう》節約生活になるけど。」

サクヤは苦笑いした。へっ、ばかばかしい！

「女子に見栄はるのも命がけだな。どうせならカニとかカキとか鍋《なべ》の食材に金かけりゃいいのに。」

オレとサクヤは同居《どうきょ》するにあたり、「お金の貸《か》し借りはしない」「人が買ったものを勝手に食べない」とルールを決めていた。サクヤが土鍋《どなべ》なんかに大金を使って、食べるものに困《こま》ったって知るかよと思った。

だけど、次の日。

オレが夕方、友達と遊びに行く前に帰ったら、調理台に土鍋《どなべ》が乗っかってた。何気なくフタを取ったらさ。

中にはたっぷりの水と、ほんのちょびっとの米しか入ってなかった。スズメのエサ程度《ていど》の量だ。おかゆって、このくらいの米で作るんだったっけ？　サクヤ、具合が悪いのか？　フタをそっと閉《し》めたとき、トイレからサクヤが出てきた。

「あ、帰ってたの？　今から台所使うけど。」

サクヤはニコニコして言った。病気ではなさそうだ。こいつ、ここまで追いつめられてたのか。いくらオレだって米くらい分けてやるのに。いや、サクヤってルールはきっちり守るヤツなんだ。そう思ったらかわいそうになった。

「ちょっと待ってろ。すぐにメシ買ってくるから。今夜はいっしょに食おう。」

オレは友達との約束をキャンセルしてスーパーに走った。

急いで帰って、テーブルにカツ丼《どん》とにぎり寿司《ずし》とからあげと野菜の煮物《にもの》を並《なら》べる。

「これはオレのおごり。いくら金がないからってあんなおかゆだけじゃ倒《たお》れるぞ！

言ってくれりゃ、米くらい分けてやるよ。」

サクヤはキョトンとした顔になり――それからなぜか爆笑《ばくしょう》したんだ。

「ミキト、ありがとうな。米ならあるし、オレ、食べるものがなかったわけじゃないんだ。」


お米はあるし、病気だったわけでもない。では、サクヤはなぜ、おかゆを少しだけ作ろうとしていたのだろうか。

解《かい》説《せつ》

土鍋《どなべ》は、土で作った陶器《とうき》（焼き物）である。表面にはとても小さな穴《あな》があり、この穴《あな》のことを「目」という。新品の土鍋《どなべ》を使うときは、最初に穴《あな》をふさぐ「目止め」をする必要がある。サクヤは、目止めの準備《じゅんび》をしていたのだ。

土鍋《どなべ》でおかゆを作ると、米のでんぷん質《しつ》が穴《あな》をふさいでくれる。ドロドロのおかゆができたら火を止め、すっかり冷めるまで置いておく。冷めたら土鍋《どなべ》を洗《あら》い流し、ひと晩《ばん》ほどしっかり乾《かわ》かしたら目止めは完了《かんりょう》だ。小麦粉《こむぎこ》や片栗粉《かたくりこ》を使う方法もある。

目止めの目的は、目をふさいでじょうぶにすること。目止めをしないと、ひび割《わ》れや水もれがしやすくなる。また、目止めは目に水分がしみこんで料理のにおいや色がついてしまうのを防《ふせ》ぐ効果《こうか》もある。

サクヤから目止めの説明を聞いたミキトは拍子《ひょうし》ぬけしたが、サクヤは心配してくれたミキトに深く感謝《かんしゃ》した。そして、２人はもっと仲よくなったのである。

38

究極のメインディッシュ

理由→なぜ？

台所で鼻歌まじりに料理をしてたら、お兄ちゃんが帰ってきた。

「お帰りなさい、お兄ちゃん！」

「お、はりきってんな！」

「当たり前じゃない！」

あしたはうちで、お兄ちゃんの大学のバスケットチームの地区大会1回戦突破《とっぱ》パーティーをやるんだ。ってわけで、腕《うで》によりをかけてパーティー用のごちそうの準《じゅん》備《び》をしてるところ。

これまで、お兄ちゃんの友達をもてなしたことなんてないけどね。

今回は特別。

たまたま試合を見に行ってさ、ひと目ぼれしちゃったんだ。お兄ちゃんのチームメイトのイーサンに。

イーサンはアメリカ人。小学生のときから日本に住んでるんだって。背《せ》は高い方じゃないけど、すばしっこくて大活躍《だいかつやく》して目立ってたの。ピンチのときにみんなを元気づけたりするのもカッコいいし、ともかく笑顔《えがお》が最高！

お兄ちゃんが「イーサンも連れてくる」って言うから、「紹介《しょうかい》して！」って頼《たの》みこんで。パーティーに混《ま》ぜてもらうことになったんだ。

「あ、それミートローフだよな？」

お兄ちゃんは、あたしがオーブンのとびらを閉《し》めると同時に言った。

「そうだけど？」

あたしはそれほど料理が得意《とくい》じゃない。でも、お母さんに教えてもらったミートローフだけは自信があるの。

するると、お兄ちゃんは頭をかきながら言ったんだ。

「じつはさ、イーサンって肉、食べないんだよ。」

「え、なんでなんで⁉　アレルギーとか？」

「いや、あいつは菜食主義《しゅぎ》なんだよ。」

あたしはガックリした。ミートローフは牛肉と豚肉《ぶたにく》のひき肉を混《ま》ぜて作ってある。完全アウトじゃん。

「そんな大事なこと、早く教えてよ！」

「いやぁ、すっかり忘《わす》れてた。」

あたしは急いでスマホをつかみ、「菜食主義《しゅぎ》」のキーワードで検索《けんさく》した。

菜食主義《しゅぎ》は肉や魚とかの動物性《どうぶつせい》食品は食べないこと。たまごや乳製品《にゅうせいひん》は食べる人もいれば、それさえ口にしない人もいるらしい。

ってことは牛乳《ぎゅうにゅう》もバターもダメな可能性《かのうせい》もあるわけだ。えええ、ケーキも焼くつもりだったのに……。

今からお兄ちゃんに頼《たの》んで、イーサンが食べられるものを聞いてほしいくらいだけど、そうもいかない。気をつかわせちゃうもんね。

魚も避《さ》けるとなると、ツナサンドも変更《へんこう》しないとな。トマトサンドにする？
ほかはどうしよう？　ポテトサラダ、ダイコンとニンジンのスティックサラダ、トーフサラダとか。サラダばっかになっちゃう～！

あと、得意《とくい》なのはかぼちゃの煮物《にもの》だけど。冷凍《れいとう》食品のコロッケとか？
っていうか、そんなのパーティーなのに地味すぎるっっっ！

パーティーにはテーブルの真ん中にどんっと置いて「わ～、すご～い！」みたいになるような、映《ば》える料理が必要なのに！

あ～、何かミートローフの代わりになるオシャレな料理ないかな。肉もたまごも魚介類《ぎょかいるい》も使わないやつで。

ネットの料理サイトで探《さが》しまくり、納得《なっとく》できるメニューを見つけたのは2時間後。
それは「野菜のゼリー寄《よ》せ」！　キュウリやオクラ、アスパラガス、ヤングコーン、黄色や赤のパプリカをコンソメスープ味のゼリーで固める料理なの。カラフルな野菜をたくさん使うから見た目がきれいだし、すごくオシャレ！

初めて作ったわりには上手にできた。

ところが……イーサンは結局これを食べなかったんだ。

?

イーサンはなぜ「野菜のゼリー寄《よ》せ」を食べなかったのだろうか。

解《かい》説《せつ》

ゼリーを作る「ゼラチン」の主な原料には、牛や豚《ぶた》の骨《ほね》や皮が使われているから。主人公がこれに気づいて「ゼリー寄《よ》せ」ではなく「寒天寄《よ》せ」を作っていればイーサンにも食べられたのでおいしいところだ。寒天の原料は海藻《かいそう》である。また、市販《しはん》のコンソメもほとんど肉のエキスが使われている。なかには肉のエキスを使っていないものもあるのでスーパーなどで注意して見てほしい。

自分の意思で食べるものを選択《せんたく》する菜食主義者《しゅぎしゃ》のほか、宗教《しゅうきょう》の決まりによって食材を制限《せいげん》している人たちもいる。食品の原材料に興味《きょうみ》をもって知識《ちしき》をつけておくにこしたことはない。

39

パイナップル・ゼリー

失敗↓なぜ？

「あ～、おいしかったなぁ。ねぇ、パパ。ヨシくんのパパってすごいよねぇ。」

シンタは目をキラキラさせて言った。

「うん、すごいね。料理のプロみたいだよね。」

今日は、シンタのクラスメイトのヨシくんの誕生会《たんじょうかい》だった。ついこの間、小学校で初めての運動会のとき、オレもヨシくんのパパと仲よくなった。そんなこんなで、ヨシくんの誕生会《たんじょうかい》は「パパたちの交流会」もかねることになっていた。

なかなかすごいごちそうが並《なら》んでいて――それが全部ヨシくんパパのお手製《てせい》だったとわかって、みんな驚《おどろ》いたのなんの。

なかでもシンタはパイナップルゼリーが気に入ったらしい。

「ねぇ、うちでもゼリー作れる?」

こう言われたら、「そりゃ作れるさ」と言っちゃうよね。さっきからシンタがずっとヨシくんパパを絶賛《ぜっさん》し続けているので、オレは少々《しょうしょう》イラッとしていたのだ。

「そうだなぁ、今日のゼリーは少しだけ甘《あま》かったな。たぶん缶詰《かんづめ》のパイナップルを使ってるせいだと思うんだけど。シンタ、生のパイナップル大好きだろ? 生のを使ったパイナップルゼリー、作ってやろうか?」

「ホントに?」

「うん。ジューシーなパイナップルをたっぷり入れたやつな。」

「やった〜!」

オレはさっそく、パイナップルジュースとパイナップルと粉《こな》ゼラチンを買って帰った。

ゼリーなら小学生のとき、姉ちゃんといっしょに作ったことがある。一回だけだし遠い昔だけど。小学生でも作れたんだから、そんなに難《むずか》しいもんじゃないはずだ。

ネットのレシピサイトで「ゼリー」を調べると、「オレンジジュースでかんたんゼリー」というのが出てきた。作り方がわかりやすく書かれているのでこれを参考にしよう。

材料は「市販《しはん》のジュース500ミリリットル、粉《こな》ゼラチン10グラム、お好みでみかんなどの缶詰《かんづめ》フルーツを入れてもOK《オーケー》」とある。まさにぴったりだ。

まず、粉《こな》ゼラチンを大さじ3ばいの水でふやかしておく。

次に、なべにジュースを入れて温める。

温まったらそこに、ふやかしておいたゼラチンを入れてよく溶《と》かす。

このときは注意すべきことがある。ふっとうさせてしまうとゼラチンはかたまりにくくなるらしい。

80度以下がいいそうなので、オレはしっかり料理用の温度計も準備《じゅんび》した。

なべでパイナップルジュースを温め、ふやかしたゼラチンを入れてかき回す。

温度が上がりすぎないように気を配りながら、ゼラチンがダマにならないようにしっかりかき混《ま》ぜる。

うん、どうやら溶《と》けたっぽいぞ！

「型《かた》に小さく切ったフルーツを入れて、そこにゼリー液《えき》を流す。冷めたら冷蔵庫《れいぞうこ》で冷やしてできあがりだ！」

「パパ、すご～い！」

シンタは尊敬《そんけい》のまなざしでオレを見ている。

ふふふ、この反応《はんのう》がほしかったんだよ。

「まだゼラチンはいっぱいあるから、ほかのも作ってみるか。ママやお姉ちゃんも帰ってきたらペロッと食べるだろうし。」

冷蔵庫《れいぞうこ》を開けるとキウイフルーツがある。

「そうだな。ベースはりんごジュースで、キウイを入れたゼリーはどう？」

「作って作って！」


冷蔵庫《れいぞうこ》はラップをかけたグラスとコップでいっぱいになった。

シンタはいつ固まるのかと、５分置きくらいに冷蔵庫《れいぞうこ》を開けている。

「ダメだよ、シンタ。しょっちゅう開けてると冷蔵庫《れいぞうこ》の温度が上がっちゃうぞ。」

「はーい。」

シンタはおとなしく返事をし、待っている間に眠《ねむ》ってしまった。

そういうオレも心配になってちょくちょく冷蔵庫《れいぞうこ》を開けていたんだが。

ゼリーは何時間待っても——次の日になっても固まらなかったのだ。


なぜゼリーは固まらなかったのだろうか。

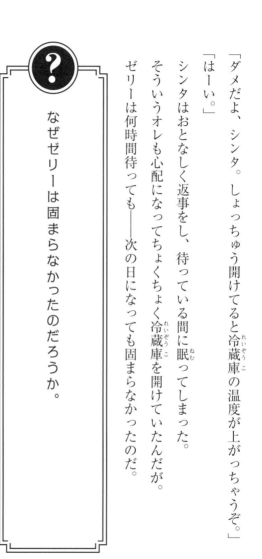

解《かい》説《せつ》

ゼリーのもとになるゼラチンの主成分は豚《ぶた》や牛の骨《ほね》や皮、魚などにふくまれるコラーゲンというタンパク質《しつ》。パイナップルやキウイフルーツは、そのタンパク質《しつ》を分解《ぶんかい》する酵素《こうそ》を持っているのだ。この酵素《こうそ》はイチジク、パパイヤ、ミカン類、ナシ、ショウガなどにもふくまれる。ちなみにこの情報《じょうほう》は、市販《しはん》のゼラチンの説明書きにも記されている。主人公がちゃんと読んでいれば失敗は避《さ》けられたのだ。

ヨシくんパパのパイナップルゼリーが固まったのは、缶詰《かんづめ》のパイナップルを使っていたからだ。パイナップルなどにふくまれるタンパク質分解酵素《しつぶんかいこうそ》は加熱するとこわれる。缶詰《かんづめ》フルーツは加熱殺菌《さっきん》されているので、ゼリー向きなのだ。

生のパイナップルやキウイフルーツでゼリーを作りたいときは、お湯でひと煮立《にた》ちさせればよい。ぜひ実験してみてほしい。

40

イチジクと恋物語《こいものがたり》

理由→なぜ？

小学6年の夏休み。

あたしは、受験勉強の息ぬきにとなりの県のおじさんの家に泊《と》まりに来ている。

おばさんが「手伝いなんていいわよ。シズちゃん、帰ったらまた塾《じゅく》の合宿に行くんでしょ。骨休《ほねやす》めしなきゃ」って言ってくれるのをいいことに、ほぼゴロゴロ。

おかげで、うちから持ってきた大好きな少女マンガ『アンズの花の咲《さ》く下で』を読み返せてよかったなぁ。

ヒロインのマユリが、春にピンクの花が咲《さ》くアンズの木の下で、カッコいい男の子と運命の出会いをするの。それで、いろいろあって……1年後の春、同じ場所で再会《さいかい》するっていうね。

こういう恋《こい》、あこがれるなぁ！

今、別に好きな男子っていないけど。うん、だって学校にも塾《じゅく》にもこのマンガに出てくるツキヤみたいなカッコいい子、いないんだもん。

ま、わかってるよ。

マンガはマンガだもん。

と、思ってたんだけど……まさか、あたしの身にそんなドラマチックなことが起こるなんて！


ゴロゴロしてるのもあきたから、あたしはぶらぶら散歩に出かけた。

そしたら、いつのまにか農園みたいなとこにさしかかってた。

特におもしろいものもないし、だーれも歩いてない。

帰ろっかなと思ったとき。イチジクが鈴《すず》なりの木を見つけたの。

あたし、イチジクが大好物なんだけど、木になってるとこ初めて見た。

でも、これ取っちゃダメだよねって思ったとき。

いつのまにか、となりにだれかがいて――彼《かれ》がイチジクをもいで「はい、どうぞ」ってわたしてくれたの。

あたしより背《せ》が10センチくらい高くて髪《かみ》サラサラ、目はすずしげ。

うそっ。ツキヤみたいにカッコいい！

「これ、うちのだから。」

男の子は自分もイチジクをもいで、ヘタから皮をスルッとむいて食べ始めた。

ヘンなの。別に自己紹介《じこしょうかい》もしないまま――知らない子なのに、なんだか受験の悩《なや》みとかいろんなことスルスル話せちゃって。

気がついたらけっこう時間がたってた。

おじさんたち、心配してるかも。

「もう帰らなくっちゃ」って言ったら、彼《かれ》はニコッと笑って言ったんだ。

「あしたもここで会える？」

信じられない！

このセリフ、『アンズの花の咲《さ》く下で』のツキヤとおんなじじゃん！

心臓《しんぞう》がドキドキする。

そして、あたしの返事も――ヒロインのマユリといっしょ。

「ううん。あしたは帰る日だから。」

彼《かれ》はさびしそうな顔になった。

ここでマユリは「来年、アンズの花の下でまた会おうよ」って言うんだよね。

でもでも。

「イチジクの実の下でまた会おう」じゃ、キマらないよね。

食い意地はってる人みたいじゃん？

あたしは思いっきりヒロイン気分で言ったんだ。

「来年、イチジクの花の下でまた会おうよ。」

そして、ミステリアスな美少女になりきって、クルッと振《ふ》り返って歩きだした。

胸《むね》の中では「どうしよ！　運命の恋《こい》、炸裂《さくれつ》じゃーん！」って盛《も》り上がり／まくってたんだけどさ。
そして、翌年《よくとし》。無事に第1志望《しぼう》の中学校に合格《ごうかく》したあたしは、春休みにおじさんの家にやって来た。ゴールデンウィークにも来た。夏休みに入るとまたすぐやって来た。
だけど、イチジクの花は一度も見ることができず——彼《かれ》にも会えなかったんだ。

?

主人公はなぜイチジクの花を見ることができなかったのだろうか。

解説《かいせつ》

イチジクの枝《えだ》には花がつかない。つまり、「イチジクの花の下で会う」ことは不可能《かのう》なのだ。イチジクの花は、実の中に咲《さ》く珍《めずら》しい仕組みだ。実の中にある赤いつぶつぶしたものの正体が花である。花の数は2000〜3000個《こ》もあるそうだ。外からは花が見えないので、漢字では「花がない果実」の意味から「無花果」と書く。

主人公が出会った男の子は、彼女《かのじょ》がイチジクの「花」の下でまた会おうと言ったのを「遠回しに断《ことわ》った」と受け取ったのだ。しびれを切らした主人公は「イチジクの花はいつ咲《さ》くか」を調べて真実を知った。ヒロインを気取った自分のセリフがはずかしくなり、そこに足を運ぶことはなくなったのだ。現実《げんじつ》はなかなかマンガのようにはいかないものである。

41

料理初心者、がんばる

失敗↓なぜ？

今日は、カレシのヤスユキが初めてうちにご飯を食べに来る日。あたし、料理なんてほとんどやったことないんだけどさ。ヤスユキが和食が好きっていうから、お刺身《さしみ》をいっぱい買ってきた。とりあえず、これでカッコはつく。

一応《いちおう》「何かリクエストある？」って聞いたら、「ダイコンのおみそ汁《しる》」だって。「シャキシャキのダイコンがいっぱい入ってるのが食べたい」って言うの。シブいね。

あたし、ダイコンのおみそ汁《しる》って食べたことないんだよね。おみそ汁《しる》なんてふだんはインスタントだけど。イチから作ってみるかってことで、レシピをネットで調べてダイコンとおみそを買ってきた。

さて、鍋《なべ》でお湯をわかして……。

レシピには「かつおぶしでダシをとる」って書いてあるけど、これは省略《しょうりゃく》ね。さっき買ったおみそには「ダシ入り」って書いてある。これをお湯に溶《と》けばいいだけなんだ。

ダイコンは「太いところを5センチ」用意する……だって。まるごと1本買ってきちゃった。切ってあるやつにすればよかったなぁ。

で、「ダイコンを千六本に切る」？？？

「千六本に切る」って……？

千切りとはちがうよね。千切りなら、「千切りにする」って書くよね。

てことは、これを１００６本に切るのかぁ。

ダイコンの頭の方の太いとこを長さ5センチに切ったヤツをじっと見る。

でもさ、千六本ってハンパすぎない？　千本のまちがい？

んじゃ、１０００本に切るとすると。これをまず20枚《まい》にスライスして。その1枚《まい》を50本に切ったら１０００本になる。いや、50本に切り分けるのは無理。えーと計算機使おう。

30枚《まい》にスライスして、1枚《まい》を33本に切ったら990本。これならできそう！


あたしはだいぶ苦労してこの作業をやりとげた。

超《ちょう》うすくて細～いダイコンの山を見ながら、あたしは思った。

これ、ゆでたらシャキシャキのおみそ汁《しる》にならないんじゃない？　一瞬《いっしゅん》でシナシナになるんじゃない？

いったいどこでまちがえたんだろう。

ていうか、このレシピがまちがってるのかも⁉


?

このレシピはまちがっていない。では、何がまちがっていたのだろうか。

解《かい》説《せつ》

「千六本に切る」というのは、１００６本に切ることではない。「千六本」は「千切り」ともちがう。「千切り」は長細く切ることで、ダイコンならば幅《はば》1ミリ程度《ていど》に切ること。「千六本」は千切りよりも少し太く、幅《はば》2ミリ程度《ていど》に切ることをいう。「千六本」という料理用語は、もともとはダイコンにしか使わない言葉。中国で細切りのダイコンを意味する「繊蘿蔔《せんろふ》」という言葉が変化して、「千六本」と書くようになった。

主人公は「千六本」をネットで検索《けんさく》して、このかんちがいに気づいた。幸いダイコンはよぶんにあるのでやり直すことができた。そして、うすく細く切ったダイコンの山はお刺身《さしみ》のツマ（つけあわせ）にしたのである。

42

涙《なみだ》の料理当番

理由→なぜ？

「おつかれさま～。」

オレは、のんきな調子でひょいと顔を出したタクジをにらんだ。

「おまえ、おせーよ。今まで何してたんだよ。」

「え～、いろいろ部長に用を頼《たの》まれたりしててさ。」

ウソに決まってる。「どこかでサボってたんだろ」と問い詰《つ》めたいところだが、そんなことしててもしょうがない。

「まぁいいや。早く手を洗《あら》って手伝ってくれよ。そこのエプロンつけて。」

ただ今、大学の剣道部《けんどうぶ》の合宿中。食事作りはコーチの奥《おく》さんのサヤカさんが担当《たんとう》してくれてるんだが、人数が多いから準備《じゅんび》がたいへんだ。で、オレたち1年生が野菜の下ごしらえを担当《たんとう》することになったんだ。

タクジはこんだて表をのぞきこんだ。

「今日の晩《ばん》ごはんは……カレーライス、シーザーサラダにオニオンリングかぁ。わー、楽しみ～♪」

まったく能天気《のうてんき》なヤツだよ。オレは1人でレタスを10個《こ》ちぎって、カレー用のジャガイモとニンジンの皮をむいて乱切《らんぎ》りにしたんだ。残るは山のようなタマネギだ。

「ていうかオレ、野菜の切り方とかわかんないし～。」

タクジはやりたくなさそうにモジモジしている。「泣かすぞコラ！」と言いたいのをガマンして、タクジにタマネギの皮をいっしょにむくよう指示《しじ》した。タマネギはダンボール1箱くらいある。

「いいか、タクジ。カレーに使うのとオニオンリング用とでちがう切り方をするから、手分けしてやろう。まず、全部皮をむいてからな。」

「わかった。」

皮をむきはじめたタクジは早くも目を赤くしている。タマネギにツメを立てちゃったんだな。アホだからその手で目をこすってるし。

「そんなことしたらよけい目にしみるぞ。あ、もう一回手を洗《あら》えよ。」

オレはこう言って……ちょっといじわるな気持ちになったんだ。

ま、当番は2人なのにオレばっかり働かせたんだ。多めに泣かすくらい、かまわないだろ？

?

主人公はタクジを「多めに泣かす」という。どちらの下ごしらえを頼《たの》んだのだろうか。

解説《かいせつ》

主人公はタクジにオニオンリングの下ごしらえを頼《たの》んだ。タマネギを切って涙《なみだ》が出るのは、刺激《しげき》成分のせい。包丁でタマネギを切ると細胞《さいぼう》がこわれ、ツーンとした刺激《しげき》をもたらす硫化《りゅうか》アリルという成分が出るのだ。じつは、タテに切るより横に切る方が繊維《せんい》にさからう形になり、細胞《さいぼう》がたくさんこわれる。つまり、涙《なみだ》も出やすくなるわけだ。タクジはたくさん涙《なみだ》を流しながらタマネギを切り終えた。料理のたいへんさを実感し、サボったことを反省した。

そこへやって来たサヤカさんが、涙《なみだ》が出ないようにする方法を教えてくれた。①切れ味のいい包丁を使う。②タマネギを冷蔵庫《れいぞうこ》で冷やしておく（冷やすと、刺激《しげき》成分が空気中に揮発《きはつ》しにくくなる）。③タマネギを水につけながら切る（空気中に刺激《しげき》成分が揮発《きはつ》するのを予防《よぼう》）。④換気扇《かんきせん》を回す。料理に興味《きょうみ》を持ったタクジは、さっそくこれを試そうと、次の日の当番を志願《しがん》したのである。

43

そばの真実

理由↓なぜ？

「あったあった！」

レイとケイは食料品店で、そばの売り場の前に立った。お母さんに「お昼は天ぷらそばにするから、乾麺《かんめん》のおそばを買ってきて」と頼《たの》まれたのだ。

「4人分だから、これでいいかな？」

レイが棚《たな》からパッと取ったそばの袋《ふくろ》を見て、ケイは目を見開いた。

「そのおそば、なんか色がうすいじゃん。同じA《エー》社のおそばでも、こっちのほうが色が濃《こ》くておいしそうだよ。」

2人は12歳《さい》の双子《ふたご》の姉妹だ。2人とも少々《しょうしょう》気が強い性格《せいかく》で、最近はちょっとしたことで張《は》りあいがちだ。

するとたまたま近くにいた店員のおばさんが教えてくれたのである。

「それはね、おそばの種類がちがうのよ。色が濃《こ》いほうは『十割《じゅうわり》そば』っていって、そば粉《こ》１００％《パーセント》なの。色がうすいほうは『二八そば』って書いてあるでしょ？」

たしかに、袋《ふくろ》に大きく「二八そば」と書いてある。

「それは小麦粉《こむぎこ》20％《パーセント》、そば粉《こ》80％《パーセント》でできているおそばなのよ。」

「じゃ、十割《じゅうわり》そばのほうが高級なんですか？」

「そうとも言い切れないのよ。そばの香りが強いのは十割《じゅうわり》そばのほう。二八そばは小麦粉《こむぎこ》をつなぎに使っている分、食感がなめらかなの。」

「ありがとうございます。おそばって、いろいろあるんだね。」

２人は棚《たな》に並《なら》んでいるおそばをかたっぱしからチェックしはじめた。

「あっ、ケイ……ちょっとこれ見て！　このＺ《ゼット》社のおそば、『十割《じゅうわり》そば』って書いてあるのにおかしくない？」

「ほとんど真っ白じゃん。うどんみたい。ホントは小麦粉《こむぎこ》使ってるんじゃない？」

2人は袋《ふくろ》の裏側《うらがわ》に印刷されている成分表示《ひょうじ》を見た。そこには「そば粉《こ》、食塩」とだけ書かれている。ケイは腕組《うでぐ》みをした。

「あれだよ。こないだニュースで見たじゃん？　お菓子《かし》メーカーがクッキーの成分表示《ひょうじ》にはバターって書いてたのに、ホントはマーガリンを使ってたっていう……。」

「食品偽装《ぎそう》!?」

レイが言うと、ケイは「それだ！」とうなずいた。

結局2人はA《エー》社の十割《じゅうわり》そばを買った。そして、不正をあばくべく勇ましい調子でZ《ゼット》社に問い合わせの電話をかけた。

しかし、Z《ゼット》社は食品偽装《ぎそう》なんてしていなかったのである。


?

Z《ゼット》社の「十割《じゅうわり》そば」は、まちがいなくそば粉《こ》１００％《パーセント》だった。なのに、このそばはどうして真っ白だったのだろうか。

解《かい》説《せつ》

そばの色は、そば粉《こ》の種類による。「そば粉《こ》＝黒っぽい」と誤解《ごかい》されがちだが、そうとはかぎらないのだ。そば粉《こ》の種類は大きく分けて3つ。そばの実の中心部からとれる「一番粉《いちばんこ》」は真っ白。一番粉《いちばんこ》の外側からとれる粉《こな》で作るのが、少し黒みがかった「二番粉《にばんこ》」。もっとも外側の殻《から》に近いところからとれる黒っぽい粉《こな》を「三番《さんばん》粉《こ》」という。三番粉《さんばんこ》には外側の甘皮《あまかわ》も混《ま》ざっている。固いそばの実をひくと、やわらかい中心部分が先にくだかれて粉《こな》になるので、真ん中を「一番粉《いちばんこ》」と呼《よ》ぶ。

Z《ゼット》社の「十割《じゅうわり》そば」は、「一番粉《いちばんこ》」のみで作ったから真っ白なのだ。一番粉《いちばんこ》だけで作ったものは「更科《さらしな》そば」と呼《よ》ばれ、ほのかな甘《あま》みが特徴《とくちょう》である。

同じ十割《じゅうわり》そばでも、1種類のそば粉《こ》で作るか、何種類かのそば粉《こ》をブレンドするかで色も味わいもちがってくる。小麦粉《こむぎこ》を配合したそばにしても、どれが上ということではなく、それぞれによさがある。おそばを食べる機会があったら、風味や食感に気をつけて味わってみてほしい。

44 そうめん事変

失敗→なぜ？

（よし、ここなら見つからないだろう。）

クワタは盗聴器《とうちょうき》を取りつけ終えると大きく息をはいた。彼《かれ》は、とある犯罪組織《はんざいそしき》のメンバーである。裏稼業《うらかぎょう》をわたり歩き、この組織《そしき》に雇《やと》われて7年の中堅《ちゅうけん》といったところである。

しかし、組織《そしき》はこのところ内部分裂《ぶんれつ》しかけていた。2番目の権力《けんりょく》を持つナンバーツーがボスへの不満をつのらせており、ボスを追い出して自分がトップになる計画を進めていたのである。

ナンバーツーは水面下で自分につく者を集めはじめた。クワタもナンバーツーに誘《さそ》われ、迷《まよ》ったあげくナンバーツー派《は》に入ることにした。今日はさっそくナンバーツーの指令を受け、ボスの私邸《してい》に盗聴器《とうちょうき》をしかけに来たのである。

ボスは他県に出かけており、今夜は帰ってこない。

(時間は十分あるが、長居《ながい》は無用だ。さっさと引きあげよう。)

そう思って体の向きを変えたとき、クワタはサイドテーブルにしたたか腰《こし》を打ちつけた。

サイドテーブルの上にあった桐《きり》の箱が落下して――箱の中のそうめんが散らばったのは運の悪いことにボスの飼《か》い猫《ねこ》用の、砂《すな》をしきつめた猫《ねこ》トイレである。

(くそっ、なんてヘマをやらかしたんだ!)

クワタはあわててそうめんの束を拾い集めた。それから、そうめんを鼻の先に持っていく。猫《ねこ》はペットホテルに預《あず》けられているが、砂《すな》にはしっかりにおいがついている。そうめんににおいがついたかどうかはよくわからなかったが、これをそのまま箱の中にもどすのは危険《きけん》である。

(砂《すな》が一粒《つぶ》でもそうめんについていたらアウトだし、ボスはちょっとしたことに敏《びん》感《かん》だからなぁ。このそうめんは全部捨《す》てて、取り替《か》えるしかない。）

クワタはそうめんを1束持ってスーパーに出かけた。

（見本を持ってきてよかった。）

よく見るとそうめんは太さが微妙《びみょう》にちがうのだ。長さも20センチくらいのと、25センチくらいのがある。

（桐箱《きりばこ》にピッタリ入るのを買わないといけないからな。）

クワタは売り場にたくさん並《なら》んでいるそうめんを一つひとつ手に取り、持ってきたそうめんと慎重《しんちょう》に見比《みくら》べた。

幸い、長さも太さも同じに見えるものが見つかった。もちろん、見本と同じく50グラムずつ束にしてあるものを選ぶ。

（よし、バッチリだ！）

20束のそうめんは桐箱《きりばこ》にぴったりおさまった。不自然なすきまはない。

もとのそうめんを束ねてある紙をそっとはずし、買ってきたそうめんにつけ替《か》えることも忘《わす》れなかった。クワタは手先が器用なので、こういう作業は得意《とくい》なのだ。

だが、満足して桐箱《きりばこ》のフタをしめたとき――フタに「手延《ての》べそうめん」と書いてあるのに気づいて、クワタはちょっと心配になった。

（オレが買ったのって「手延《ての》べそうめん」だったかな。）

クワタはリュックにつっこんだそうめんの外袋《そとぶくろ》を確認《かくにん》した。「手延《ての》べそうめん」とは書いていない。

しかし、産地は同じ香川県の小豆島《しょうどしま》だし、太さも長さも色も見分けがつかない。

（まさかバレやしないだろう。）

てっきりそう思っていたのだが。

数日後、クワタはボスに呼《よ》び出しを受けた。

ボスは探《さぐ》りを入れるように、クワタに言ったのである。

「桐箱《きりばこ》の中のそうめんがちがうものに変わってるんだが、おまえは何か知らないか？」と。ボスはその眼力《がんりき》で、そうめんのちがいに気づいたのだ。

クワタは一瞬《いっしゅん》で結論《けつろん》を出した。

（ボスの観察力はすごい。こんな人を敵《てき》に回すなんてオレの選択《せんたく》はまちがっていた。）

クワタはすべてを白状《はくじょう》して許《ゆる》しを請《こ》うた。

ナンバーツーを裏切《うらぎ》る決心をし、あらためてボスに忠誠《ちゅうせい》をちかったのである。

?

そうめんの長さ、太さ、色はもとのものとそっくりだった。しかし、一点だけクワタの見落としたポイントがあり、ボスはそこの違《ちが》いに気づいたのだ。それはそうめんのどの部分だろうか。

解《かい》説《せつ》

クワタが見落としたのは、そうめんの断面《だんめん》だ。もとの「手延《ての》べそうめん」の断面《だんめん》は、よく見ると一本一本ちがっている。クワタが買ったそうめんは機械で作ったものので、切り口が均一《きんいつ》だったのである。

手延《ての》べそうめんとは昔ながらの製法《せいほう》で作られたそうめんのこと。小麦、塩、水を混《ま》ぜあわせた生地を棒状《ぼうじょう》にし、乾燥《かんそう》を防《ふせ》ぐために植物油をぬってヒモ状《じょう》にのばす。それをさらに人の手で細く引きのばして切るので、断面《だんめん》の形にばらつきがある。一方、機械で作るそうめんは、生地《きじ》のかたまりをうすくのばして細く切る工程《こうてい》が機械で行われるので、断面《だんめん》は均一《きんいつ》だ。そうめんの直径はわずか1・3ミリ未満（手延《ての》べ製《せい》法《ほう》の場合は1・7ミリ未満まで認《みと》められる）。ボスはかなりのそうめん好きだったので違《い》和感《わかん》を持ち、断面《だんめん》をチェックして「中身が取り替《か》えられた」と確信《かくしん》したのだ。

ちなみに贈答用《ぞうとうよう》のそうめんが桐箱《きりばこ》に入っているのは、高級に見せるためだけではない。木の箱は湿気《しっけ》や虫の害を防《ふせ》いでくれるからだ。

45

採《と》れたて朝市

理由→なぜ？

「早起きは三文の徳」ってホントなんだね。

オレ、土曜は昼くらいまで寝《ね》てるんだよ。金曜の夜は、仕事からのがれた解放感《かいほうかん》でつい夜ふかししちゃうからな。

今日はたまたま朝早く目が覚めて、散歩に出かけたんだけど。

なんか人が集まってると思ったら、「採《と》れたて朝市」ってのぼりが立ってる。

「採《と》れたての新鮮《しんせん》野菜の即売《そくばい》だよ〜。安いよ〜。あるだけだからお早めに〜！」

首にタオルを引っかけたおじさんの声につられて、オレも人だかりに首をつっこんでみた。

むしろの上に並《なら》べたカゴの中に、いろんな野菜やくだものがある。

なんか買ってみようかな。あんまり料理しないんだけど。母さんは電話の最後にいつも「ちゃんと野菜食べなさいよ」って言うしさ。

ミニトマトを手に取ろうとしたら、横からひょいっと手がのびてお姉さんに取られちゃった。うっ、今のがラストだったのか。

「キュウリは今から3本100円ね！」

おじさんの声が飛んで、みんな前のめりになる。グズグズしちゃいられない。だけど。

オレは手にしたキュウリをながめた。

全体に白い粉《こな》がいっぱいついてる。

これ、農薬だよな。

危《あぶ》ない危《あぶ》ない。「採《と》れたて」って言葉につい惑《まど》わされた。

そういや母さんもよく言ってたな。「なるべく無農薬の野菜を選べ」って。

オレはキュウリをそっともどした。洗《あら》えば落ちるのかもしれないけど、生で食べる野菜にこれだけ農薬がついてるのはちょっとイヤだったんだ。
だが、キュウリはどんどん売れていく。
みんな、意外と気にしないもんだね。
……って話を、そのあと近くのカフェで友達にしゃべってたらさ。
なんと、となりの席にさっきのおじさんが座《すわ》ってて。
「言いがかりはやめてくれよな、風評《ふうひょう》被害《ひがい》もいいとこだ」って言ったんだ。

?

おじさんはなぜそう言ったのだろうか。

解《かい》説《せつ》

キュウリの表面の白い粉《こな》を「ふきかけた農薬」とかんちがいしている人は多い。だが、これは農薬ではない。キュウリが作り出す「ブルーム」という物質《ぶっしつ》なのだ。ブルームは水分の蒸発《じょうはつ》を防《ふせ》いだり、また病気にかかる原因《げんいん》をブロックする役割《やくわり》をする。ブルームがあるのは新鮮《しんせん》な証拠《しょうこ》なのだ。ブルームは巨峰《きょほう》やシャインマスカットなどのブドウ、ブルーベリー、リンゴ、ブロッコリーなどにも見られる。

ブルームへの誤解《ごかい》がなかなか解《と》けないため、今ではブルームのない「ブルームレスキュウリ」が多く出回るようになった。だが、ブルームのある昔ながらのキュウリのほうが皮がうすく、そのパリッとした歯切れのよさを好む人も多い。

野菜は、大きくて見た目がきれいなものが質《しつ》がよいとはかぎらない。栽培技術《さいばいぎじゅつ》も進化しているので、昔のもののほうが絶対《ぜったい》によいともいいきれないが、知識《ちしき》を更新《こうしん》していくことは大事だ。主人公はおじさんに説明を受けてあやまり、翌週《よくしゅう》からは朝市にせっせと通うようになったのである。

46

不幸のトウモロコシ

理由→なぜ？

「なんでコーン残してんの？」

オレがステーキ皿のはしによけたコーンを見てソウジが言った。

「トウモロコシを食べないことにしたから。」

きっぱり言うと、ソウジは不思議そうな顔になる。

「先月まではフツーに食べてたじゃん？」

オレとソウジは大学のクラスメイトだ。大学の近くに、毎月29日の「肉の日」にステーキ定食が１０００円で食べられる店を見つけてから、毎月いっしょに来てるんだ。

「トウモロコシはオレに不幸をもたらすからさ。」

3日前のこと。バイト先のスーパーの休憩《きゅうけい》時間に、店長が焼きトウモロコシを差し入れてくれた。オレは大はしゃぎで食らいついた。片思《かたおも》いの相手のミヤタさんのウケをねらうつもりもあったんだけど。あわてて食いすぎたのがまずかった。トウモロコシの汁《しる》が気管に入って、でっかくせきこんだら口からトウモロコシがビューンと飛び出して……。「やだ、きたな～い！」って言ったミヤタさんの顔、全然笑ってなかったんだよ。

おまけにそのあと、野菜を運んでたら売り場のフロアに落ちてたトウモロコシの皮を踏《ふ》んでズデーンとすっ転んだ。あやうくそばにいたおばあさんにスライディングタックルかますところだったんだ。

「1日に2回もトウモロコシのせいでひどい目にあうなんて不気味だろ？　今は大事な時期だ。これから卓球部《たっきゅうぶ》の地区予選もあるし、ゼミの研究発表会や就職《しゅうしょく》活動も控《ひか》えてる。」

オレはマジメに話してるのに、ソウジはゲラゲラ笑いころげる。

「縁起《えんぎ》をかついで本気でずっとトウモロコシを食べないことにしたわけ?」

「ああ、コーンフレークもやめた。もちろんコーンポタージュやコーンのスナック、ポップコーンもな。料理にコーンが入ってたらほじくり出してスズメにやってる。」

するとソウジは言ったんだ。

「まぁムダな抵抗《ていこう》はやめとけ。『現代人《げんだいじん》の体の40%《パーセント》はトウモロコシで作られてる』っていわれてる。今だって、おまえはある意味トウモロコシを食ったことになるんだし……。」


?

ソウジの言葉は何を意味しているのだろうか。

解説《かいせつ》

トウモロコシはイネ科の植物で、コメやコムギと並《なら》ぶ世界3大穀物《こくもつ》。原産はアメリカ大陸で、メキシコなどの国ではトウモロコシの粉《こな》で作ったトルティーヤを主食としている。一方、日本でわたしたちがゆでたり焼いたりして食べているのは「スイートコーン」という品種。成熟《せいじゅく》する前の実を食べるもので、野菜に分類される。

日本はトウモロコシの世界最大の輸入国《ゆにゅうこく》のひとつだ。輸入《ゆにゅう》されたトウモロコシは主に家畜《かちく》の飼料《しりょう》になっている。ウシもブタもニワトリもトウモロコシを食べて育っている。ソウジが言いたかったのは「わたしたちの食生活はトウモロコシなしでは成り立たない」ということ。トウモロコシはコーン油、コーンスターチ（でんぷん）、コーンシロップ（甘味料《かんみりょう》）などにも加工され、さまざまな食品に使われている。

さらにいうとトウモロコシは工業用ののり、プラスチック、バイオマス燃料《ねんりょう》にも利用される。トウモロコシのすごさを思い知った主人公は、あっさりトウモロコシ断《だ》ちをやめたのである。

47

ヤギが見つけた真っ赤な実

有益《ゆうえき》↓なぜ？

昔むかし、エチオピアの高原にて。

お坊《ぼう》さんと一人の少年が大きな木の下にたたずんでいた。お坊《ぼう》さんは、木の下に落ちた小さな赤い実を拾いあげてしげしげとながめる。

「ほう、なかなかきれいな実じゃな。」

少年はニコッと笑って言った。

「食べてみてくださいよ。けっこうおいしいんですよ。」

お坊《ぼう》さんは、つやつやした実を口にふくんだ。ほんのりとあまずっぱい味だ。

「果肉はちょっぴりで、タネばっかりだな。」

お坊《ぼう》さんはプップッと2つのタネをはき出した。

この少年はカルディという名のヤギ飼《か》いだ。

カルディによれば数日前の夜——ヤギたちがいつまでも起きていて、やけにさわいでいたという。

翌日《よくじつ》からカルディは注意深くヤギたちを観察した。すると、数頭のヤギたちが小高い丘《おか》をのぼっていき、この木のもとで赤い実を食べていたのである。

(よっぽどおいしいのかな？)

好奇心《こうきしん》にかられたカルディがこの実を食べてみると、気分がシャキッとして元気になったように感じられた。

(これは何なんだ？　お坊《ぼう》さんなら知っているかもしれない。)

最初は半信半疑《はんしんはんぎ》だったお坊《ぼう》さんも、いくつか食べるうちに納得《なっとく》したようである。

「おまえが言った通りスッキリして、頭がさえてきた。ほかの者にも食べさせてみることにしよう。」

お坊《ぼう》さんはそう言って、赤い実をたくさん持ち帰った。

果たして、効果《こうか》はてきめん。修道院《しゅうどういん》で夜の修行《しゅぎょう》をするとき、お坊《ぼう》さんたちの中にはコックリコックリ船をこぐ者がある。だが、赤い実を食べさせてみると、その晩《ばん》は一人もいねむりをしなかったのだ。

「今日は全然眠《ねむ》くなりませんね。きっと、あの実を食べたせいなんでしょうね。」

「体に害はなさそうだし。眠気《ねむけ》ざましの薬として役に立ちそうだな。」

そんなわけでこの修道院《しゅうどういん》では、謎《なぞ》の赤い実を食べる習慣《しゅうかん》ができた。

科学的な理由など解明《かいめい》する術《すべ》のない時代に――ヤギにならってそれを口にしたカルディ少年は、歴史的《れきしてき》発見をしたのである。


この赤い実の正体は何だろうか。

解説《かいせつ》

この赤い実はコーヒーの実だ。わたしたちが知っているコーヒー豆からは想像《そうぞう》しにくいが、コーヒーの実は丸くて真っ赤。サクランボに似《に》ていることから「コーヒーチェリー」と呼《よ》ばれる。この中のタネが「コーヒー豆」なのである。

この話は、もっともよく知られるコーヒーの発見伝をもとにしたもの。お坊《ぼう》さんの一人が「こんなものは食べたくない」と言って火に投げこんだところ、香ばしい香りが漂《ただよ》って――「焙煎《ばいせん》したコーヒー豆」が生まれ、煮《に》出して飲むようになったというエピソードも伝えられる。

エチオピアで修道僧《しゅうどうそう》が飲み始めたコーヒーはやがてアラビアに伝わり、「秘薬《ひやく》」として珍重《ちんちょう》された。やがて「嗜好品《しこうひん》」として愛されるようになり、ヨーロッパ、アメリカへと広まっていったのだ。

48

青カビのチーズ

判断《はんだん》→結果？

「ジャジャーン！　こちらが今日のワイン会のために用意したゴルゴンゾーラでございます。」

あたしは冷蔵庫《れいぞうこ》からチーズのかたまりを取り出した。ホールケーキの1ピースのような形をしたチーズには、大理石みたいに緑のもようが広がっている。じつは、先に味見したから、先っちょが欠けてるけど。

「これ青カビのチーズだよね。あたし、食べるの初めて。」

ヒヨリが興味《きょうみ》しんしんで顔を近づける。

一方、アイは不安げに「カビのチーズかぁ、ちょっとこわいね」と言う。この反《はん》応《のう》は想定ずみ。

「アイもカマンベールチーズは食べたことあるでしょ？　あれも白カビのチーズなんだよ。」

「あ、そうか。そういえば……。」

アイに笑いかけ、あたしはチーズ専門店《せんもんてん》で教わった知識《ちしき》を披露《ひろう》しはじめた。

カビのチーズは、わざとカビを繁殖《はんしょく》させてうま味を作りだしたものだ。ゴルゴンゾーラは青カビチーズの代表格《だいひょうかく》で、チーズの中に青カビを植えつけて繁殖《はんしょく》させたもの。カマンベールは表面が白いカビでおおわれていて、内側に向かって熟成《じゅくせい》が進むのだ。中に青カビを植えつけて、外側は白カビでおおったチーズもあるという。

繁殖《はんしょく》させるカビはもともと害がないものだったり、または有毒《ゆうどく》なカビでもチーズの成分の力で無毒化《むどくか》しちゃうんだって。

「へぇ……ところで、この白いのもカビ？」

ヒヨリに言われてギクッとした。あれっ、ホントだ。ゴルゴンゾーラの片方《かたほう》の側面にふわふわした白いカビがついてる。もとはなかったはずなのに。

「これは正真正銘《しょうしんしょうめい》、青カビのチーズだから。白カビがついてるはずはないんだよね。」

すると、アイは言った。

「なら、白いカビがついてるとこを切り落とせばいいんじゃない？」

ヒヨリはもったいないというように目を大きく開く。

「でもさ、青カビと白カビ両方のチーズもあるんでしょ？　それにチーズに有害成分を無毒化《むどくか》する力があるんなら、このまま食べてだいじょうぶじゃない？」

あたしたち3人はだまってゴルゴンゾーラを見つめたのだ。


?

このチーズは食べてもだいじょうぶなのだろうか。

解《かい》説《せつ》

正解《せいかい》は「食べずに捨《す》てる」。あらかじめ青カビ（または白カビ）を繁殖《はんしょく》させて熟成《じゅくせい》させたチーズでも、ほかの種類のカビが生えてしまったら食べてはいけない。この場合、主人公が開封《かいふう》したあとの保存状況《ほぞんじょうきょう》が悪かったため別のカビが生えてしまったのだ。アイは「別のカビが生えた部分を切り落とせば？」と提案《ていあん》したが、これもアウト。目には見えなくても菌糸《きんし》が内側に入りこんでいる可能性《かのうせい》が高い。また、加熱してもカビ毒《どく》は分解《ぶんかい》されないのでやっぱり食べてはダメだ。

カビのチーズを保存《ほぞん》する場合は、そのカビがほかの食品に移《うつ》らないように注意することも必要だ。たとえば、ゴルゴンゾーラの青カビが、パンに移《うつ》ったとしよう。パンで繁殖《はんしょく》したカビは「食べられるカビ」ではないので、この場合も必ず捨《す》てるべし。

「カビのチーズ」があるおかげで、「チーズはカビが生えても食べられる食品」とかんちがいしている人もいるようだ。完全にまちがいなので要注意！

49

小さな料理人

理由→なぜ？

ソファーに座《すわ》っていたアネットはあくびをして、体をのばした。タブレットから顔を上げると、１つ年下の――９歳《さい》の弟はていねいにハムをスライスしていた。

「トビー、何を作るの？」

「サンドイッチだよ」

最近、トビーは料理にこっている。今日も自分から「ピクニックのお弁当《べんとう》を用意する」と言ってキッチンに立ったのだ。

アネットはハムを押《お》さえているトビーの左手に目をとめた。

「やだ、あんた指にケガしてるじゃない。」

トビーはニッと笑ってばんそうこうをはった人さし指をふって見せた。

「きのう工作しててちょっとカッターで切っただけ。全然痛《いた》くないよ。」

アネットは顔をゆがめた。

「そういう心配してるんじゃないの。そのばんそうこう、きのうからつけっぱなしなわけ？　２日分のバイキンがひっついたばんそうこうつけて料理するとかありえないよ！」

トビーはよごれたばんそうこうをはがし、ポイとゴミ箱に捨《す》てる。そして、引き出しからばんそうこうの箱を取り出した。

アネットは、トビーからばんそうこうの箱をひったくる。

「わかってないなぁ。ばんそうこうつけて料理するのは不潔《ふけつ》なんだよ。新しいのにかえたってバイキンがくっついちゃうでしょ。はい、ちゃんと手を洗《あら》って。」

「はーい。」

トビーはハンドソープを使って両手をていねいに洗《あら》い上げた。アネットは新しいタオルを出してきてトビーにわたす。

「それでよし。あー、サンドイッチ作る前に気がついてよかった。」

トビーが料理を再開《さいかい》しようとしたとき。

「ちょっと待った！」

その声はいつのまにか2人の背後《はいご》に立っていたパパのものだった。

「見に来てよかったよ。まだまだ台所を子どもだけにまかせるわけにはいかんな。」

「パパったら！　あたしはちゃんとばんそうこうをはずすように教えたんだよ。」

しかし、パパはアネットの不服そうな顔を見て言ったのだ。

「聞いていたよ。だけどね、ばんそうこうはつけてちゃダメだけど……はずしてもダメなんだ」


?

なぜ、ばんそうこうをはずしてもダメなのだろうか。

解説《かいせつ》

アネットは、ばんそうこうにバイキンがくっつくことを心配した。だが、パパが教えたかったのは、ばんそうこうの内側——つまり傷口《きずぐち》そのものから発生する菌《きん》の危険性《きけんせい》だ。傷《きず》ができると、治すために体内からリンパ液《えき》がにじんでくる。このリンパ液《えき》こそ、危険《きけん》な「黄色ブドウ球菌《きゅうきん》」が繁殖《はんしょく》しやすい環境《かんきょう》である。黄色ブドウ球菌《きゅうきん》は人の体内に生息している菌《きん》。食品にくっついて増殖《ぞうしょく》すると毒素《どくそ》が発生し、食中《しょくちゅう》毒《どく》を起こす危険性《きけんせい》がある。毒素《どくそ》は熱に強く、加熱調理しても分解《ぶんかい》されない。黄色ブドウ球菌《きゅうきん》は健康な人の鼻やのどの中や腸管《ちょうかん》などに存在《そんざい》するので、調理中は傷《きず》のあるなしにかかわらず、鼻や顔などにさわらないようにしよう。

プロの料理人は手を傷《きず》つけないように注意しているもの。料理してすぐに食べる場合はそこまで気にする必要はないかもしれないが、手に傷《きず》があるときはしっかりフィットするゴム手袋《てぶくろ》をつけた方がよい。

50 バレンタイン・デー

理由→なぜ？

（よし、うまくできた！）

ソノミは机《つくえ》の上にある「ポッキー」の箱をながめた。

見慣《みな》れたポッキーの箱だが、中身はポッキーではない。中には手作りしたハート型《がた》のチョコクッキーと、自分の気持ちを告白《こくはく》した手紙を入れてある。

明日はバレンタイン・デー。ソノミはこれを塾《じゅく》の講師《こうし》をしている大学生のホンマ先生に渡《わた》すつもりだ。塾《じゅく》に通い始めた中3の春から、ソノミは彼《かれ》に片思《かたおも》いしている。もうすぐこの塾《じゅく》に行くこともなくなるから、バレンタインは最後のチャンスなのだ。

2月14日はちょうどホンマ先生の授業《じゅぎょう》がある。

渡《わた》すとすれば授業《じゅぎょう》の後だが——バリバリ本気なラッピングのプレゼントを人目のあるところでわたすのははずかしい。
そこで思いついたのが、市販《しはん》のお菓子《かし》の箱を使う作戦だ。これなら何気なく義理《ぎり》チョコをわたすみたいな顔で「先生、おつかれさま～」とパッとわたせばいい。

どうせなら「てっきりポッキーだと思ったのに、開けたら中身がちがってビックリ」だったらおもしろいのでは。ソノミはこう考えて細工にこだわった。ポッキーの箱の上部の開封口《かいふうこう》は開けずに、箱の下の部分をはがして開けたのだ。中身を詰《つ》め替《か》えたら、はがした部分を接着剤《せっちゃくざい》ではる。

（それにしてもこのハート型《がた》、何のためにあるんだろう？）

ポッキーの箱の下部にはハート型《がた》の切りこみがあるのだ。これまでそこに注目したことがなかったので気づかなかったが——ソノミには少し浮《う》き上がったハートマークが縁起《えんぎ》のいいもののように思えた。取れかけたハート型《がた》をちぎり取り、机《つくえ》の上に置く。そして、その小さな赤いハートを恋《こい》のお守り袋《ぶくろ》に入れたのだ。

次の日。ソノミはもじもじしているうちにタイミングを逃《のが》し、先生にプレゼントを渡《わた》せなかった。「手紙を入れてあるから送り主はわかるはず」と思い、先生のカバンにポッキーの箱をポンと入れ、ドキドキしながら帰った。

だが、彼女《かのじょ》の手紙を最初に読んだのはホンマ先生ではなく、警察官《けいさつかん》だったのである。

?

なぜ警察官《けいさつかん》がソノミの手紙を読むことになったのだろうか。

解《かい》説《せつ》

ソノミがちぎり取った「ハート型《がた》」には重要な意味があった。このハート型《がた》は、だれかがいたずら目的でお菓子《かし》の箱をこっそり開けた場合、開封《かいふう》したことがわかる目印としてつけられたもの。ホンマ先生はカバンに入っていたポッキーの箱の異変《いへん》に気づき、「不審物《ふしんぶつ》かも」と考えて警察《けいさつ》に提出《ていしゅつ》したのである。

ポッキーの製造元《せいぞうもと》である江崎《えざき》グリコ株式会社《かぶしきがいしゃ》が、パッケージにこのような工夫を始めたのは、80年代なかばに起こった「グリコ・森永事件《もりながじけん》」がきっかけだ。犯人《はんにん》は江崎《えざき》グリコ、森永製菓《もりながせいか》をはじめとする食品会社を脅迫《きょうはく》し、スーパーに毒入《どくい》りの菓子《かし》を置いた。「どくいり　きけん　たべたら　死ぬで」と書いた紙をはった菓子《かし》（本当に毒物《どくぶつ》が混入《こんにゅう》されていた）が店頭に置かれ、日本中がパニックにおちいったのだ。

この事件《じけん》の犯人《はんにん》はつかまっていない。70年代には電話ボックスに置かれた毒入《どくい》りコーラを飲んだ人が死亡《しぼう》する事件《じけん》も起きている。だれが持ってきたか不明なもの、開封《かいふう》した形跡《けいせき》のある食品は絶対《ぜったい》に口にしてはいけない。

参考文献

『お菓子の話』やまがたひろゆき（新潮社）
『外国人にも話したくなる　ビジネスエリートが知っておきたい　教養としての日本食』永山久夫監修（KADOKAWA）
『貝になった男　直江津捕虜収容所事件』上坂冬子（文藝春秋）
『食の選び方大全』あるとむ（サンクチュアリ出版）
『植物たちの不埒なたくらみ』稲垣栄洋（三笠書房）
『図説世界史を変えた50の食物』ビル・プライス（原書房）
『捨てられる食べものたち　食品ロス問題がわかる本』井出留美（旬報社）
『世界史を変えた植物』稲垣栄洋（PHP研究所）
『戦国、まずい飯！』黒澤はゆま（集英社インターナショナル）
『空と宇宙の食事の歴史物語　気球、旅客機からスペースシャトルまで』リチャード・フォス（原書房）
『たべもの戦国史』永山久夫（旺文社）
『地球グルメ大図鑑』セシリー・ウォン、ディラン・スラス他（日経ナショナル ジオグラフィック）
『ニッポンの食卓』石毛直道（平凡社）
『農薬なしで害虫とたたかう』伊藤嘉昭、垣花廣幸（岩波書店）
『古くて新しい日本の伝統食品』陸田幸枝（柴田書店）

参考文献

『身近な野菜のなるほど観察記』稲垣栄洋（草思社）
『料理メニューからひもとく歴史的瞬間』ヴィンセント・フランクリン、アレックス・ジョンソン（ガイアブックス）
『料理のコツ』秋山徳蔵（中央公論新社）
『現代語訳　雑兵物語』かもよしひさ／訳・画（筑摩書房）

粟生こずえ
（あおう・こずえ）

東京都生まれ。小説家、編集者、ライター。マンガを紹介する書籍の編集多数、児童書ではショートショートから少女小説、伝記まで幅広く手がける。おもな作品に、「3分間サバイバル」シリーズ（あかね書房）、「5分でスカッとする結末 日本一周ナゾトキ珍道中」シリーズ（講談社）、『かくされた意味に気がつけるか？3分間ミステリー 真実はそこにある』『3秒できめろ！ ギリギリチョイス』（ポプラ社）、『そんなわけで国旗つくっちゃいました！図鑑』（主婦の友社）など。『必ず書ける あなうめ読書感想文（改訂版）』（学研プラス）はロングセラーを記録中。

◆装画／がわこ　◆校正／有限会社シーモア　◆挿絵／つるんづマリー
◆装丁／奈良岡菜摘

3分間サバイバルNEO
美食の迷宮

2024年11月25日　初版発行

作	粟生こずえ
発行者	岡本光晴
発行所	株式会社あかね書房
	〒101-0065 東京都千代田区西神田3-2-1
	電話　営業（03）3263-0641
	編集（03）3263-0644
印刷・製本	中央精版印刷株式会社

NDC913　254ページ　19cm×13cm

ISBN978-4-251-09688-3

https://www.akaneshobo.co.jp